本书受到上海市东方英才计划青年项目（QNJY2024093）的资助

任帅军生活与文学系列丛书

宋贤杰 主编

复旦心语

任帅军 著

天津出版传媒集团

天津人民出版社

图书在版编目（CIP）数据

复旦心语 / 任帅军著. -- 天津 ：天津人民出版社，
2025．3．--（任帅军生活与文学系列丛书 / 宋贤杰主编
）. -- ISBN 978-7-201-20605-9

Ⅰ．Ⅰ251

中国国家版本馆 CIP 数据核字第 2024XP3114 号

复旦心语
FUDAN XINYU

出　　　版	天津人民出版社
出 版 人	刘锦泉
地　　　址	天津市和平区西康路35号康岳大厦
邮政编码	300051
邮购电话	（022）23332469
电子信箱	reader@tjrmcbs.com
责任编辑	王佳欢
封面设计	汤　磊
印　　　刷	天津新华印务有限公司
经　　　销	新华书店
开　　　本	710毫米×1000毫米　1/16
印　　　张	14
插　　　页	2
字　　　数	150千字
版次印次	2025年3月第1版　2025年3月第1次印刷
定　　　价	78.00元

总　序

　　我在2018年春与任帅军相识并开始交流。他是一个非常阳光,特别热爱生活的年轻人。对于上进的年轻人,我总是忍不住想要帮助他们做点儿事情。与帅军深入交往后,我才发现他喜欢写东西,还坚持不懈地写了十几年。我很佩服他,但同时也产生这些文学作品以后若能出版会很有价值的想法。想不到,多年以后,他把我当初的这个想法付诸实践,并热情地邀请我当他这套丛书的主编。我既惊又喜,对他有勇气出版这套丛书表示支持;但我感觉当不了这个主编,还得另请高人才能提升这套丛书的社会影响力。可是终究架不住帅军几番热情相劝,我只能出来"冒个泡"了。

　　呈现在读者面前的任帅军生活与文学系列丛书:《大学哲思》《守望人生》《见证亲情》《复旦心语》《诗性智慧》《龙门之跃》,集结了帅军老师从求学到工作期间对大学教育的若干思考,体现出他自强不息的人生奋斗历程。自觉构建全员全程全方位的育人大格局,离不开高校通识教育与校园文明建设的互动。本丛书围绕实现大学生成长成才的育人目标,从不同主题和文学体裁入手,思考高校通识教育的现实落脚点,呈现帅军对落实高校立德树人根本任务的一些想法和做法。

《大学哲思》是一部以"大学"为关键词,从若干大学故事的讲述中引发哲理思考的作品集。它有鲜明的创造特点和主题思想,集中体现在两个方面:第一,从学生到教师,作者对大学进行双重视角的审视。从学生视角看大学,大学被披上了一层温情的面纱。被誉为象牙塔的大学,为千万学子提供了求知和深造的机会,成为他们一生中最独特,也最难以忘怀的一段经历。随着审视的角度由学生到教师的转换,对大学的认识不经意间就发生了变化。由感性的情感表达,到理性的哲理思考,对大学内涵的探究也随之变得丰富宽广,学生情结也随之变成人文情怀,把大学作为一种追问人的存在的生活方式的认识就得以确立。第二,从北方到南方,作者对大学进行地域变动的审视。地域对一个人的影响是潜移默化的。北方大学的粗犷、直率,与南方大学的细腻、含蓄,自然是不一样的。南北差异反映到一个人的求学历程中,必然会在这个人的成长过程中留下深深的印痕。从对"学而优则仕"的追求,到对"自省、修身、审美人生"的认识,对大学的认知就经历了从外在到内在、从学习书本知识到认识自身的转变,从而达到了陶冶人、熏陶人的效果。对大学的认知不同,取得的收获就不同,《大学哲思》可以给人带来对大学不一样的认知和思考。

《守望人生》从对人生的思考切入,通过记录和反思,形成了守望人生的作品集。它的核心思想是,引导人通过认识自己展开和实现人生价值。首先,人是通过人生经历来认识自己的,这是人生在世的智慧。人生对于任何人来说都是独一无二的,但未必每个人都能够意识到人生的重要性。自省使人时刻保持清醒,在修身养性中人才能获得成熟的状态,在自我塑造中才能创造出人生的审美境界。人的一生会遇到各种问题和挑战，只有对人生保持一种清醒的认识，才会有意识地作出选择，通过所选择的行为塑造人生。其次，对人生的探寻需要与对爱的思考相结合。很多哲学和宗教观点都认为，人是通过爱活在这个世界上的，也是通过爱面对生活于其中的这个世界的。对人生进行发问，其实在很大程度上是对人生是否值得爱与被爱进行发问。在很多人看来，爱是人生最重要、最根本的问题。守望人生，就是在守望人生中的爱。爱与被爱，让人感到愉悦、满足和幸福，感到人生有目标、有意义，感到实现了人生价值。在爱中获得成长、在爱中活出人生，都是为了让人在这个世界上更好地活着。然而对人生的理解不同，人生的展开过程就不同，对人生的审美也随之不同。这就需要获得人生在世的智慧。守望人生中的智慧，是本作品集的一大特色。它告诉人们，人生既漫长又短暂，需要欣赏且珍惜。

《见证亲情》饱含了作者对亲情的思考，把人性中最动人的一面呈现出来，可以将之视为描写千万中国人生活百态的作品集。它想要表达两个主题：一是书写创伤，二是书写苦难。一方面，化创伤为前行的动力。在中国，男人在家庭里面大多是顶梁柱。男人的早逝意味着一个家庭的崩溃。遭遇变故的人，最能体会其中的伤痛。把受到的伤害体验写出来，把普通人受创的反应表达出来，不是为了往伤口上撒盐，而是为了揭开伤口的千疮百孔，让人能够直面挫败，正视人性。这是对生命、死亡的直视。创伤会对生活造成压抑，会使心理产生焦虑，对普通人来说，会造成身心方面的沉重打击。这就需要对创伤进行思考，使人有能力走出阴影。以创伤为创作主题，体现了对个体生命的悲悯和慈爱。另一方面，在苦难中见真情。对苦难的肯定和描写，不是为了博取同情，更不是惧怕苦难，而是展示身处苦难中的人，如何守护人性中的良善,如何克服生活中的困难,如何改变无法撼动的现实。正视苦难,是将同情与悲悯的目光转向芸芸众生,从他们身上审视生命的脆弱、灵魂的无助,正视和反思自己身上的不足,进而改变自己,成为一个真正大写的人。

"复旦"二字,取自《尚书大传·虞夏传》里的名句"日月光华,旦复旦兮"。这句话的大意是,日月的光辉,日复一日,敦促莘莘学子追求光明、自立勤奋、自力更生、自强不息。《复旦心语》这本作品集以复旦大学师生为关注对象,讲述他们在求知中追寻意义的一些故事。对于个体而言,每个人都在探索自己生命的意义,体会生命的价值。要想在求知中学有所成,就必须去追求,使自己每一天都有一些心灵的启示与智慧的增长,每一天都对这个世界有一些回馈和奉献。《礼记·大学》里的"苟日新,日日新,又日新"就是这个意思。记录在复旦大学求学的历程,不是将它作为可以炫耀的"资本",也不是将它作为人生的"装饰品",更不是将它作为求职的"敲门砖",而是将它作为悟生活之道的"精神场域"、求一技之长的"育人园地"、立人生志向的"心灵港湾"。这就是复旦大学对一个人的影响。它使人认识到,人就是应该具备一种敢于拼搏,不怕苦、不怕累、不怕付出的大无畏精神;具备一种追求真知、敢为人先的勇气;还要具有一种勇往直前、愈挫愈勇、百折不挠的信心。因此,可以将《复旦心语》看作记录作者在求知过程中表达一种精神上的熏陶、一种与真理为友的作品集。

诗歌从来就是能登大雅之堂的文学形式。首先,诗歌里的"雅"具有多重意境。首先,"雅"是志向的一种表达。诗歌的语言既是抽象的,用较为抽象的语言表达作者对大千世界的看法;又是具象的,生动形象地表达作者的丰富情感,让人一读就马上心领神会。《诗性智慧》用春·生、夏·长、秋·收、冬·藏、你·我·他、诗意生活来言志、来抒情,鲜明地展示出诗歌的这一特性。其次,"雅"是对光明的向往和对理想世界的追求。在普通人眼里,春夏秋冬只是四季的交替轮换。可是在这本作品集里,春夏秋冬被寄寓了不同的情感——春夏秋冬不是要表达作者对季节的适应,也不是要表达作者对季节的留恋,更不是要表达作者对季节的拥抱,而是要表达作者对季节的反思、对季节的冲破、对季节的塑造。就像英国浪漫主义诗人雪莱歌颂云雀,不是歌颂留恋家园的云雀,而是歌颂蔑视地面、云游苍穹的云雀。不管是云雀,还是春夏秋冬,都不纯然是自然界的事物,而是作者自我的一种理想表达或理想的自我形象,表达了作者对光明的向往和对理想世界的追求。最后,"雅"是对人间疾苦的观照。雅不是俗的对立面,是对俗的认知和超越。所谓"大雅即大俗",就是大众普遍接受了雅。本作品集对现实生活的关注,你·我·他和诗意生活从日常生活的真情实感中生发出诗意和爱,无不饱含了作者对现实的人的深情关怀和对人性真善美的不渝追求。因此,《诗性智慧》值得大家一读。

小说是文学写作中较难把握的一种体裁,它要求在创作上有清晰的主旨思想,在艺术表现手法上有独特的叙事模式,在语言特色上有鲜明的行文风格,在人物形象塑造上有代表性,等等。以《龙门之跃》命名的作品集中包含长篇小说《龙门之跃》和中篇小说《媳妇飞了》,力图呈现小说的基本要素。这两部小说都以改革开放以来农村社会的变迁为主题,揭示广大农村社会融入现代化的历史进程中所呈现的种种问题,以此引起社会的关注和人们的反思。在叙事模式上,这两部小说均采用"迷茫—引导—改变—受挫—感悟—成长"的叙事逻辑结构,把农村人的性格特征呈现出来。人物形象在极为复杂的特质中,呈现出立体饱满的感觉。故事中人物的命运并非都是线性的发展。虽然他们承受了诸多苦难,但能从他们身上感受到浑厚的生命力。小说的基调总体而言是昂扬向上的,体现了人文主义的情感关怀。这种对人的直视,并不刻意回避人性中的弱点和生活中的丑陋。对现实的不满反过来更加促使人反思自己的不足,达到对所谓命运的超越。由于作者独特的人生经历,无论是《龙门之跃》还是《媳妇飞了》,都离不开对命运抗争的描写和对生命意义的追问。正如希腊德尔菲神庙大门上镌刻的阿波罗神谕:"人啊,你不是神。认识你自己!"认识自己,可以从阅读这部作品的两个故事开始。

以上感悟,是我阅读任帅军老师的作品后的一些不太成熟的看法,还请各位专家同行批评指正。

上海大学为任帅军老师提供了新平台。来到这里,站在人生的新起点,我相信他会把握住当下,通过创造人生的新气象来获得人生的全新意义,并在享受当下的过程中感同身受地体验作为学者的生命意义。作为他人生路上的重要家人,我为本丛书的出版感到高兴,也希望他能获得更好的人生。

是为序。

宋贤杰

复旦大学

2025 年春

前　言

　　呈现在读者面前的丛书包括:《大学哲思》《守望人生》《见证亲情》《复旦心语》《诗性智慧》《龙门之跃》,是我从2007年开始写作,断断续续,一直持续到2024年春节,整理出来的六部书稿。

　　这么多年来,在用文字记录生活方面,我虽然一直坚持着,但是从未奢望将它们公开出版。本丛书主编宋贤杰教授在几年前提出了让我出书的建议,这令我备受启发。当我萌生这个想法后,时光流逝,出书的执念不仅没有跟着消逝,而且越来越强烈了。既然要鼓起勇气做这件事,索性就认真对待,把这些年的文字好好整理一下,争取早日与大家见面。我执意邀请宋教授作为这套丛书的主编,这也是对他热心提携我这个后辈的一点儿微不足道的回报。

　　要问我为什么会有写随笔的习惯,还得从我的求学经历开始说起。2007年的秋天,我来到上海大学攻读法学理论专业的硕士研究生。上海的生活打开了我的眼界,促使我不断地反思自己,反思我的家庭和以前的生活环境。于是,我将自己在求学阶段的所思所想记录了下来。我当时没有想到,这种随手记录的习惯,竟然持续了这么长的时间。

一开始,我只是对文学抱有好感,用文字来慰藉我脆弱的心灵,逐渐发展到这种"文字涂鸦"成为我的一种重要的生活方式,再到我用文字交了很多知心朋友,这些文字也成为我的心灵朋友,直到最后,我萌生了一个想法——想要给它们找一个理想的归宿。经过这么多年的积累,已经形成百万字的书稿。我把它们按照体裁和主题分门别类,共形成了六部作品。

散文形式的《大学哲思》,记录了我从2007年以来,在上海大学、杭州师范大学、复旦大学等地求学或工作期间,在高校学习和生活的所感所悟。这本书按照不同主题分为九个部分。"大学生活"记录了我对大学生活的认知和反思;"大学亲证"写出了我的求学感悟,以及我在求学的过程中形成的学生情结;"大学留痕"记录了我求学时的生活方式和生活习惯;"大学友人"里面的好友都不是千篇一律的人,都有各自鲜明的性格特征;"身边伟人"讲述了钱伟长如何走入我的生活世界,以及对我的影响;"上大岁月"讲述了我在硕士和博士阶段求学时,对上海大学的感情;"读书生活"里面的心得体会,记录了求学阶段对我产生很大影响的各类名著;"影中世界"里面的故事,陪伴了我孤独的求学旅程;"音随我动"里面的歌曲,陶冶了我的性情。凡有所学,皆成性格。我的性格养成的秘密,就隐藏在这些文字当中。

散文形式的《守望人生》,记录了我在高校求学期间展开和实现人生价值的若干思考。这本书按照不同主题分为十个部分。"志愿人生"讲述了我从本科开始一直到现在,从事志愿活动的切身感受;"为心而生"通过关注心灵与人生的关系,探讨一个人如何才能使人生获得力量的问题;"反思人生"告诉我们,人生之路充满坎坷,只有学会反思,才能真正获得人生的意义;

"人生冷暖"通过呈现人生中的酸甜苦辣咸,让每个人都能回首自己的人生;"人生价值"直面"人生在世"的核心问题;"人生故事"通过记录好友的人生片段,把我生命中的点滴温暖留存在故事里面;"人生哲理"就是要破解如何才能使人生、生命有滋有味的问题;"十二生肖中的人生"记录了我人生中的一个完整的十二年;"人与社会"把人放到社会中,又通过讨论一些社会问题来探寻人应当展现出来的一种追求姿态;"人在旅途"记录了我为数不多的旅游感受。人生需要守望,守望的本质是回答人如何才能更好地活着的问题。守望人生的智慧,就隐藏在这些文字当中。

散文形式的《见证亲情》,记录了我如何通过求学、拼搏和经营,一步一步地改变自己和家人的命运。这本书按照不同主题分为九个部分。"父亲"讲述了我父亲短暂的一生,他虽英年早逝,却给我们留下了宝贵的精神财富;"母亲"讲述了我的母亲承受了常人难以忍受的苦难,在极为困难的情况下为三个儿子成家立业努力拼搏的故事;"大弟"讲述了任帅勇在外打拼的故事;"小弟"讲述了任帅超略带传奇色彩的成长故事;"身边的亲情"是对老家亲情的一种记录和留念;"我的素描"讲述了独一无二的、特立独行的我的故事;"故里亲情"写的都是发生在老家的事情,是对往昔的追忆,也是对时代变迁的一种记录;"我的家乡"里有对家乡特色的描写,也在这种讲述中思考家乡的发展;"津津"记录了我儿子任薪泽的出生,带给我与妻子和家人的快乐和幸福。世间情感有千万,唯有亲情永相伴。我的成长离不开亲情的浇灌。亲情对我的影响,就隐藏在这些文字当中。

杂文形式的《复旦心语》,记录了我从2015年5月以来在复旦大学做博士后期间,这所学校对我的学术成长和生活感悟的影响。这本书按照不同主题分为六个部分:"新征程"开启求学路上的新篇章,"新努力"记录自强不息的奋斗点滴，"新体验"讲述了全新的精神感悟，"新伙伴"把与学生的交往娓娓道来，"新变化"记录了从求学到工作、从邯郸路校区到江湾校区的变化过程，"新憧憬"道出了对未来的美好愿景。从作为第三人称的"旦旦"，讲述自己在做博士后期间的求学经历，以及从其中感受到的苦与乐；到作为第一人称的"我"，把自己当作复旦大学的一分子，与这所学校产生了一种同频共振。叙事视角的转换，既展现出他者眼中的复旦大学，又表达了复旦人眼中的复旦大学。在多重视角的审视中，通过一所学校反映出高等学府的莘莘学子对求学的认知。复旦大学对我的影响，就隐藏在这些文字当中。

诗歌形式的《诗性智慧》，记录了我从大学教师和学生的视角，运用诗歌形式对社会现象进行的一些思考。本书分为六个部分："春·生"寓意梦想的开始，取意春天是希望的季节；"夏·长"隐喻生命中的困惑，正如夏天的热让人焦躁不安；"秋·收"象征着人生的收获，像秋天那样寄语人生；"冬·藏"表达了生活中蛰伏的状态，就算是冬天的寒冷也要把它熬过去；"你·我·他"是在我、妻子、儿子的互动中生发出来的含情脉脉，家的温暖尽显其中；"诗意生活"是我在妻子孕期创作诗歌的情感记录，记录了我当时写诗的情绪和心境，可以从中一探我创作诗歌的真实情境。不管是运用五言绝句、七言律诗，还是现代体裁的诗歌，都是为了实现"诗以言志"的目的。诗歌是对人生志向的一种较为凝练的表达形式。"诗者志之所之也。在心为志，发言为诗。"（《毛诗·大序》）我的人生志向，就隐藏在这些文字当中。

长篇小说形式的《龙门之跃》，以王心恒求学生涯中的若干重要节点为故事情节展开的线索，实际上讲述了我的成长历程。因此，这部小说本质上是一部自传体小说。中篇小说形式的《媳妇飞了》，讲述了阿淳的父母为他讨老婆的故事，反映了农村地区的一些大龄男青年择偶难、结婚难的现象。

小说主要是通过故事情节和人物命运的描写反映社会生活,引发人们对社会问题的关注。之所以写这两部小说,是因为社会阶层流动问题、农村大龄剩男问题等长期占据了我的生活,是我在与这个社会相结合的过程中始终绕不开的话题。那么我是如何克服这些困难的,我自己与社会相结合的方式又是什么,答案就隐藏在这些文字当中。

　　我写出来的这六部作品,都有着特定时间和空间的"在场",即它们是在它们碰巧产生的地方的唯一存在形式,假如换一个时空,它们就不会存在了。这些作品的这种"唯一存在",决定了它们有在其存在的特定时空内自始至终所从属的历史。这个历史就是我在校园里的成长史。

　　虽然这些文字是在我的脑海里形成的,是我让它们成为文学作品,使它们借由各种机缘而获得生命。但是当它们形成以后,就具有了不一样的生命。更为准确地说,是和我一样的独立,而且是独特的生命。当它们散落在不同的读者之间、不同的文化之间,它们的生命就一次又一次地展示了出来,这就是这些作品的无数次生成的形式。我期待着这些作品,以及形成它们的机缘,能够在其他时空,能够在其他人身上,以另一种形式得到实现。

目录 CONTENTS

✳ 新 征 程

缘起复旦 ···································· 3

青春无敌 ···································· 6

苦乐人生 ···································· 9

猴年马月 ···································· 11

快乐博后 ···································· 13

博后百态 ···································· 16

花园复旦 ···································· 18

同门师友 ···································· 21

室友福福 ···································· 24

光阴似箭 …………………………………………… 27

✱ 新 努 力

不二生活 …………………………………………… 31

书店窃情 …………………………………………… 33

丁酉元宵 …………………………………………… 36

自学成才 …………………………………………… 39

一片绿叶 …………………………………………… 42

对话复旦 …………………………………………… 45

君若要来 …………………………………………… 48

体验命运 …………………………………………… 50

慕名而来 …………………………………………… 53

星空有我 …………………………………………… 56

✱ 新 体 验

安得此心 …………………………………………… 61

玩诗弄兴 …………………………………………… 64

精神体验 …………………………………………… 67

探索园地 …………………………………………… 70

十年结缘 …………………………………………… 72

良晨可动 …………………………………………… 75

本家阿姐 …………………………………………… 78

学艺乒乓 …………………………………………… 81

心通明镜 ……………………………………………… 84

叶家花园 ……………………………………………… 87

接受平凡 ……………………………………………… 90

良师益友 ……………………………………………… 93

✹ 新 伙 伴

复旦之光 ……………………………………………… 99

有为青年 ……………………………………………… 102

我要表白 ……………………………………………… 105

为何求学 ……………………………………………… 108

告别平庸 ……………………………………………… 111

我是火炬 ……………………………………………… 114

勤能补拙 ……………………………………………… 117

贵在坚持 ……………………………………………… 120

心中之城 ……………………………………………… 123

义无反顾 ……………………………………………… 126

✹ 新 变 化

受挫成长 ……………………………………………… 131

不堪重负 ……………………………………………… 134

求学困惑 ……………………………………………… 137

如何在场 ……………………………………………… 140

谈情说爱 ……………………………………………… 144

一生有你 ··· 147

你若有趣 ··· 150

心系北区 ··· 153

感受江湾 ··· 156

通宵达旦 ··· 159

✳ 新 憧 憬

博后后记 ··· 165

与君有约 ··· 169

生活留白 ··· 171

委曲求全 ··· 174

学会改变 ··· 177

拥有故事 ··· 180

我要完美 ··· 183

求学勇气 ··· 186

一朵兰花 ··· 190

无法逃避 ··· 196

凝视森林 ··· 200

后　记 ··· 203

新征程

缘起复旦

旦旦每天都有记日记的习惯。他会把每天的所思所想和所感所悟写到日记里。他一直认为,转瞬即逝的生活就应该被这样记录下来。尤其是生活在自己热爱的地方,他就更加觉得这样做很有意义。

旦旦每天的生活其实很简单。在他快要睡醒的时候,鸟儿们早就在外面熙熙攘攘地打闹了。此时正是早上六点多钟,他就迫不及待地要出去。他喜欢在安静整洁的校园里跑步,看着清晨的一缕缕阳光洒下来。大树挥舞着枝叶,似乎在向他招手。小草摇曳着身姿,用微笑迎接他的到来。花儿们也在晨露中绽放出笑容。一切都那么美好。旦旦希望每一天都这样开始。

有时候,他会叫上室友福福一起跑步。福福是个爱运动的阳光男孩。他不仅喜欢跑步也喜欢各种球类活动,还爱去健身房运动。福福跟旦旦说,"学校的健身器材是免费开放的,这要是在外面,办一张年卡也得花上好几千呢!"他就带着从未去过健身房的旦旦,体验用健身器材锻炼身体的好处。

旦旦这下可大开眼界了,他马上就意识到,用专业的方法健身确实更加科学,尤其是在下雨天,体育馆里健身房的重要性就更加凸显了。

旦旦一般上午很忙,这是他学习和工作的最佳时间。他会在寝室一个人安静地看书、思考和写作。他给自己制订了学习计划和任务。每天都要保质保量地完成。这样的生活方式已成为他一成不变的习惯了。他没有感到枯燥、乏味和单调,反而乐在其中地享受着。如果有什么事情打乱了他的生活规律,反而会让他感到苦恼。

上午做不完的活,下午接着干,但一定是在午睡醒来之后。对旦旦而言,午休比晚上睡觉更为重要。他从小就养成了午睡的好习惯,这对他的工作而言并非可有可无。任凭电闪雷鸣、刮风下雨,他都要照常午休。若中午有事没睡成觉,就索性睡一下午。若这个觉到了晚上还没睡成的话,干脆就吃过晚饭后开始睡觉。这两场觉放到一起,痛痛快快地一睡,也是人生快意之事。

旦旦一般在晚上写随笔、听音乐、看电影、阅读小说或散文。这是他的人生爱好。这么多年下来,他一直坚持着这些爱好。有时候,另一个室友华华会叫他到外面吃晚饭。华华不经常在寝室住,但他一周总会回来一次。在的时候,他就喜欢热闹。旦旦还会喊上同一幢楼里的光光,几个人就在寝室畅聊。做学问的生活总是很苦,但他们苦中作乐。在相互倾诉中,这些烦恼之事烟消云散。

不管是旦旦、福福、华华,还是光光,都喜欢校园生活。他们不管是做学生,还是当大学老师,都生活在校园里。他们还发现,偌大的校园里还有很多人抱有同样的想法。他们在大学里追逐着各自的人生理想,品尝着这一过程中的甘苦和酸甜,却从未想要放弃什么。旦旦时常被他们的这一追求所打动,他们也很欣赏旦旦的执着精神。所以他们就在当下的时空走到了一起。旦旦还喜欢和楼里的其他人交流。他们和旦旦一样热爱这样的生活方式,让旦旦一下子就找到了精神上的归属感。这样想来,他们又何尝不是"旦旦"呢?"旦旦们"就在这份坚持中努力着,但愿他们的生活更加美好!

青春无敌

旦旦喜欢校园里的生活，主要因为能时刻感受身边的青春气息。

他以前在大学里当老师的时候，就特喜欢跟学生打交道。学生们可以心无旁骛地学习，可以有热恋和失恋的资本，可以无忧无虑地享受简单而快乐的生活。跟他们在一起，总能让他感觉到生活的美好。在青春的诱惑下，旦旦离开了打拼过两年的地方，毅然选择继续奋斗在求学的路上。"学海那么辽阔，我想去遨游一下。"他满怀着这样的心情，踏入了一直念念不忘的中国"魔都"。

读博的日子就像白驹过隙，在人猝不及防的时候，就要挥手告别。到了复旦以后，这种感觉竟然更加强烈。燕园里随处可见看书的身影，思园里到处都是琅琅的书声，曦园里的谈笑风生让人眼馋，光华楼每天的讲座叫人大赞。这里处处都是一派欣欣向荣的景象，一下子就让旦旦找到了心灵的归属感。把自己的青春奉献在这里，让奋斗的痕迹留在这里，也是他生命中一段美好的人生历程。

青春的第一个好处就是,它为青年的奋斗预留了足够的时间。旦旦曾一度失落。他虽在发论文上有一些收获,却在课题申报和评奖评优上屡受打击。但他从未妄自菲薄,而是在新的人生阶段重新开始奋斗。室友福福和华华也鼓励他继续申报课题,并倾囊相授申报的技巧,他终于拿到了人生中第一个有分量的课题。与此同时,光光也拿到了期待已久的课题。他们的努力不正好诠释了"有志者,事竟成,破釜沉舟,百二秦关终属楚;苦心人,天不负,卧薪尝胆,三千越甲可吞吴"的道理吗?只要敢于拼搏,只要勇于坚持,青春总会眷顾这些奋斗者的。

青春的第二个好处就是,它能容忍青年在犯错中不断地成长。旦旦在求学路上犯过许多无知的错误。一方面,由于他一直怀着一颗单纯看世界的心,所以经常会把一些复杂的问题简单化处理,导致犯了很多莫名其妙的错误;另一方面,他在强烈的上进心驱使下容易犯一些功利性的错误,无意中就伤害了身边人的情感。好在他的导师们和朋友们都熟悉和理解他,会循循善诱地教导他,使他很快就意识到了身上的缺点,进而才能顺利改掉这些坏毛病。

青春的第三个好处就是,奋斗在青春路上能让人时时感受到它的美好,并成为人生的一段段美好回忆。正是为了能再重温那如饥似渴的求知欲,能再投入到孜孜不倦的精神世界中,旦旦才安心稳坐寝室里的"冷板凳"。他并不像一些人那样,长了一个"烧包猴屁股",火急火燎地就是按捺不住。他很怡然自得地享受着思想的乐趣和文字的快感。他觉得,这样很让他感到知足。他还想把这份快乐分享给更多的人,让他们也能感受到知识的趣味、思想的美妙和人生的美好。在他看来,这就是青春应有的模样。

旦旦一直活在青春的状态之中,谁能说他的青春不是无敌的？他想要抓住青春,也一直在抓着青春。那还有什么理由不向他的青春致一个敬呢?

🌸 苦乐人生

　　旦旦时常在想,人生到底是活得痛苦,还是快乐?当他觉得痛苦的时候,就会迷茫和挣扎;当他觉得快乐的时候,就很阳光和可爱。他一直在经历个人生命的最低音和最高音。或许只有反复交错地经历痛苦和快乐,他才能真正感受到活着的价值。

　　人生几多悲剧?在他尚未深谙世事的美好年华,就遭受了人生的重大打击——父亲的永远辞别让他痛苦万分。心中的依靠就这样轰然坍塌,怎能不叫人痛心。在难熬的日子里,母亲就和他们兄弟三人相依为命。就算是为了给父亲争口气,他们一家也要活出人样。直到两个弟弟相继成家立业,他才感到些许欣慰。

　　就在家里接连遭受重创的那段日子,他的求学之路也一波三折。他的心中一直装着继续求学的梦想。连续多年都未能实现继续读书的心愿,让他感到自己的人生充满了挫败感。好不容易有了上学的机会,却在学校里也未能一帆风顺。接连遭受的种种打击,让他对许多人嗤之以鼻。他在痛苦中下定决心，一定不要再让这样的悲剧重演。之后，在全新的复旦校园里，他有一种如鱼得水的感觉。远离了功利和喧嚣，他反而活得很自在。

人生几多喜剧？从一个农村娃到博士后的身份转变，又充满了多少惊喜和赞叹。小时候在老家的日子里，他从没有想过日后会通过读书走出去。他从小就学习不好，没有人觉得他会一直读下去。然而命运会通过戏剧性的转折捉弄一个人。他的父亲在家里最困难的时候，力排众议送他读高中。这是他生命中的第一个转折点。他从这时才开始意识到学习的重要性。从此，他没有再停下前进的脚步，自觉构建着逐梦人生的大舞台。

父亲当时的那个简单决定，彻底改变了他的命运。他在高中以一个全新的姿态开始了人生的征程。在马路昏黄的灯光下，时常能看到他读书的身影。在寒暑假和周末的教室里，他独自一人享受着求知的快乐。直到高中的最后一年，他才知道要考大学。大学为何物？他一脸茫然，但这并不影响他对学习的投入。只要能让他继续学习，干什么都行。老师要他考大学，就考呗。考上大学以后，不就可以继续学习了吗？在大学里，也是同样的原因，他念完了研究生，还想读博士。这还不够，他还要继续往上读。就这样，他一直奋斗在努力的路上，感受着创造自我人生的快乐。

旦旦的人生有苦有乐。不管是处在悲剧意味的人生当中，还是活在喜剧氛围的生活当中，他总是感受着痛苦与快乐的混合滋味。在被束缚的生命中，谁不会经历痛苦和快乐呢？他逐渐意识到，虽然自己活在这个受限制的世界中，却要通过生命的创造性活出这辈子的精彩。人生几多意义？生命价值又从何而来？他确信，生命中的这些痛苦与快乐就是他最值得珍惜的东西。他的人生意义和生命价值就展开在这些痛苦和快乐之中。

猴年马月

中国人常用"猴年马月"这个词来形容一件事情的遥遥无期,来比喻事情的未来结果无法预料。"猴年马月"也就成了不太可能的泛指。

我2007年来上海求学的时候,就曾多次专门来到复旦。走在复旦校园里,那种对名校向往的心情无法释怀。邯郸路校区的校园环境古朴典雅。曾对复旦有影响力的马相伯和苏步青等人的雕像立于校园一隅,彰显出复旦对伟人的景仰。每条林荫道都用复旦元素命名,相辉堂、校史馆、蔡冠深人文馆等著名建筑就坐落在登辉环路上。这里的每一座建筑、每一处道路、每一个地方都有它的来历。这让我特别感动。复旦是尊重历史的学校,也是有历史底蕴的学校。那时我就在心中感叹着,我猴年马月才能来这里求学啊?

燕园比邻校史馆,是三国东吴时的乌衣巷旧址。复旦建校时,此地曾为私人别墅。被誉为"复旦保姆"的李登辉校长不惜举巨债购得此园。复旦三宝之中的一宝("奠基石")就位于此处。唐代诗人刘禹锡曾在此作诗:"朱雀桥边野草花,乌衣巷口夕阳斜。旧时王谢堂前燕,飞入寻常百姓家。"他是在感慨世事的沧桑巨变,而我现在却惊喜地认为,自己这只老百姓家的"燕子"终于飞入了"王谢堂"。每个学子的心中都有一个燕园梦,复旦就是我这个贫寒学子梦寐以求的象牙塔啊!

我曾在心里想,我的复旦梦恐怕要等到猴年马月了。想不到这个想法竟实现在猴年马月!在十二年一轮的"猴年马月"里,我正静心安坐在复旦思园,追逐我的复旦梦呢!在复旦,我实现了心中的燕园梦,拿到了人生中的第一个重要课题,在科研上有所收获。复旦还大大缓解了我的经济压力,给我创造了一个编织更美好的梦想的机会。

在这里,一切都是值得憧憬的。走在复旦校园里,"旦旦们"都那么地朝气蓬勃。他们对于通过努力就有希望,并能做出成绩的事情,就是那么地充满信心。我身边的两个博士后"旦旦"也在猴年马月拿到了分量很重的国家课题。这对很多教授而言,都是很难办到的事情,而她们却办到了。这无疑给我们带来了继续前进的巨大希望。同时也让我感到在复旦奋斗,一切梦想都有实现的可能。

猴年马月才刚刚开始。旦旦希望在这样特殊的岁月里,能在科研上继续有所突破。而生活在复旦校园里,还有什么不能实现呢?

🌸 快乐博后

旦旦是一个快乐的博士后。他没有因科研的辛苦停止奋斗,反而在做学术的生活中快乐地成长着。他决定来复旦之前,就在思想上作好了艰苦奋斗的准备。刚入站的那段时间,他的精神压力很大。他能达到复旦对博士后的科研要求吗?他能在合作导师给他提供的科研平台上站稳脚跟吗?他能获得身边老师们的认可吗?这些问题既是一种无形的压力,要求他能在学术研究上有所突破;又是一种前进的动力,让他在学习和思考的过程中时刻怀有谦卑的心态。

经过半年多的努力,他终于在发文章方面迎来了第一缕曙光。尽管写作的过程充满了艰辛,但能把自己的所思所想形成文字也是一种快乐。期刊编辑提出了许多宝贵意见,这让旦旦在修改文章的过程中经历了痛苦的提升,以及发表论文时漫长的等待,但这些论文最终得以见刊,就像终于有了自己的孩子。这份喜悦还是很能鼓舞人心的。

生活忙碌的人总是感觉时间在跟我们赛跑。博士后的一项重要使命就是申报课题。一年到头,各类课题总是目不暇接,这是与发论文不同的另一种学术能力。旦旦在博士后阶段主要是培养这种能力。他第一次申报课题就遭受了挫折。之后,他参阅其他博士后的申报书,反思在撰写申报书的过程中存在的主要问题,更聚焦研究的主题和问题意识,更注重撰写的可读性和技巧问题,更夯实研究的前期积累,更瞄准选题的新颖和内容的创新。接下来的两次课题申报相继成功,对他而言这就是学术界的专家学者们对他相关研究的肯定。有了这份肯定,他就能更从容自信、更全身心快乐地投入到受资助的研究当中。

与此同时,他发现身边的博士后也很快乐。在人们的刻板印象里,博士后们的生活都很苦。理工科的博士后们天天要做没完没了的实验,文科的博士后们为看书和发论文而愁苦。除了科研上的压力,博士后们还要为生活来源而四处奔波。理想总是要建立在现实的基础上。尽管生活中充满着挑战,心中只要拥有理想,博士后们就能挺过来。他们中的许多人都出身寒苦,只有靠不断的学术攀登,才能一次次地改变自身的命运。而在求知的过程中,知识的更新、思想的创造、意义的生产,就是一种精神上的快乐,让这个过程显得那么地与众不同。

何况,许多博士后还用特长或爱好调节自己的生活。我的邻居LJ在周日的午后,用吉他暂别紧张的实验。GJ特别热爱球类运动,打羽毛球和乒乓球是他调节生活的法宝。MXH一个人骑着爱"驹"四处"流浪",他就喜欢这种闲逛中无拘无束的感觉。YFX喜欢把时间"浪费"在电影院,尤其是偌大的空间只有他一个人的时候,感觉是最爽的。博士后们都有自己的娱乐方式,善用自己的爱好或特长找存在感。除了一个人的快乐,博士后群体的快乐与共也成了复旦的风景线。热爱运动的博士后们组成了"动感博士后群"，热爱交流的博士后们组成了"畅谈博士后群"，热爱美食的博士后们组成了"欢乐饭聚群"，热爱旅游的博士后们组成了"旅游博士后群"。

尤其在猴年，复旦博士后们进行了快乐的"苏州二日游"。参加旅游的博士后们都忙中偷闲，交流做博士后的酸甜苦辣，分享做博士后的趣闻轶事，有的博士后还给大家带来了许多"资源"。从他们身上，旦旦看到了一个朝气蓬勃的年轻学术群体。他们快乐地生活着，对人生充满了自信，对生活满怀着感激，对学术持之以恒。就是这样一个自身特色十分鲜明的群体，在苦中寻乐地搞研究。在这个群体中快乐地生活，旦旦对未来更加充满了希望。

博后百态

　　旦旦在复旦的博士后群体中感受着成长过程中的许多快乐。

　　经过一年多的相处和交流,旦旦发现,博士后们是一群自身特色十分鲜明的群体,这种鲜明的群体特色体现在诸多方面。

　　复旦的博士后中有一类学术明星群体。博士后从本质上说就是一种学术群体。之所以再把其中的一小类冠以学术明星群体,是因为他们对复旦的科研做出了贡献。RRM等人就是其中的佼佼者。她成功申请到2016年国家哲学社会科学青年项目,雄辩地证明了复旦博士后的科研实力。YFX和HW也紧追其后,顺利拿到期待已久的2016年上海市哲学社会科学青年项目。还有一大批博士后们在国家自然科学基金、教育部招标课题和中国博士后科学基金的申报中满载而归。

　　RRM是博士后中的一颗学术明星。她来复旦之前就已经在高水平的学术刊物上发表了多篇论文。来到复旦,她又在《伦理学研究》等专业权威期刊上发了文章。更巧的是,她的这篇论文还和YFX的一篇文章同时刊登在

2016年第一期。这既表明,处于同一层次的高水平学者就能在同一高水平的杂志上切磋交流;又表明,只要自己的学术水平能提高到相应的层次上面,就自然会出现在那个层次的学术平台上。学术圈的许多专家还是很重视对年轻学者的栽培和扶持的。

在复旦的博士后中,有一类创业乐业型群体。他们或是某公司的高管,或是创立了自己的公司。ZZF是旦旦的上大师兄,上大研工委曾是他们奋斗过的地方。他博士毕业后,自己创业开了一家公司。这倒符合他的生活追求。ZZF师兄在上大当学生干部时,就展现了创业所需的一切品质。只是想不到,他们竟在复旦做博士后时才得以认识。师兄为人豪爽大气,只要自己有空,定会热情参加群里各类活动。在几次打球活动中,他对运动的热爱超出了旦旦的想象,让旦旦明白了一个道理:拥有一个良好的身体,才能开创出自己的事业。师兄等人专门为复旦的博士后们做了一场关于创业的报告。从他身上,旦旦感受到了创业的快乐。

复旦的博士后中还有一类铁杆运动型群体。GYH"校长"不仅为人热情,具有奉献精神,还是个标准的运动猛男。复旦的第一本博士后通讯录就是他的杰作。旦旦很佩服他主动请缨做这件事的志愿精神。接下来的几次运动,才让博士后们真正领略了GYH"校长"在运动中的风采,谈笑间的文章星斗,生活中的光芒四射,笑容中的灿烂非凡。GYH"校长"在运动中不忘享受生活,谈笑中才华四处横溢,生活中家庭美满幸福,笑容中真诚自然流露,真乃同辈中的英雄豪杰啊!

🌸 花园复旦

身处闹市的复旦是一片花园。

称它是花园，我认为一点都不过分。复旦大学是我们国家第一批全国花园单位。这样的荣誉离不开其对自身的精心呵护。校园里的国家珍稀濒危保护植物能自在地生长，正好体现了复旦百年"自由"的精神传统。

走进百年复旦，这里有许多我们不知道的秘密。

在邯郸路校区的走马塘生态学试验田，有一种植物叫红豆杉。它是国家Ⅰ级珍稀濒危保护植物。大家可能想不到，复旦校园里竟然还有这么珍贵的植物吧。感兴趣的同人可以去认识一下。在遗传学楼前西侧草坪，有一种叫狭叶瓶尔小草的植物。它是国家Ⅱ级重点保护植物、濒危野生动植物物种、国际贸易公约Ⅱ级保护植物。当人们首次发现它的时候，新闻媒体还特别进行了报道。在相辉堂前草坪中，还有一种叫绶草的植物。它是国家Ⅱ级重点保护植物、濒危野生动植物物种、国际贸易公约Ⅱ级保护植物。我们可能不认识它们，但它们早就是复旦的主人，已经在这里生活了许多年。

据李辉、周晔编写的《复旦校园植物图志》（复旦大学出版社2015年版）记载，在邯郸路校区复旦幼儿园墙外花坛的角落里，有一株华东唐松草。全校灌木丛下仅此一株，非常罕见，需要校方特别加以保护。

花园复旦，"奇葩"满园。华东唐松草就属于花园复旦里的"奇葩"。复旦为它提供了充分生长的条件。生活于复旦的我们何尝不是如此？生活在自由的氛围中，我们与众不同地成长着。"奇葩"越多，复旦的魅力就越大。

花园复旦的美让人赏心悦目。这里的美是一年四季轮番上演的。不管是春天的百花争妍、夏天的繁花盛开，还是秋天的色彩斑斓、冬天的争奇斗艳，"拈花惹草"者总被它们所惊叹、所感动、所折服、所热爱。最让我钟情的花莫过于白玉兰。

白玉兰是复旦的校花。在春寒料峭时节，玉兰树先开花后长叶，花开时皎洁如白玉，象征着君子高洁的品格。老校长李登辉笃爱白玉兰之冰清高洁，于1947年定其为复旦校花。清明节前，白玉兰繁花盛开，花朵大而饱满，朵朵洁白向上绽放。上海市于1986年定白玉兰为市花，象征着奋发向上、勇为人先的精神。1994年，新上海大学成立之时，也将白玉兰定为校花。"花之君子"白玉兰遂成为二校一市的象征。

花园复旦的美在于花草树木能各安天命、自在生长。不管是珍稀植物，还是普通草木，皆能在复旦安享其乐。于是，一年四季，人们都能在这里找到惊喜和赞叹。这种美不是通过花展活动刻意营造出来的繁荣，而是一种安静、恬淡和朴素的美。漫步在林荫校园，你会无意发现一种似曾相识的植物。欣喜之余，就会迫不及待地想要了解和认识。似曾相识何尝不是一种美。这种美似有一种朦胧，带有一点神秘，更加吸引人们驻足流连。

从心灵美的收获来看,花园复旦还是我们的精神花园。这里是百花绽放的地方,更是莘莘学子展示自我的舞台。复旦学子追求精神自由,燕园的世纪钟敲响了五四运动上海学子的第一声爱国呐喊。复旦学子推崇海纳百川,陈望道、苏步青、谢希德等名人塑像不仅是缅怀前人对复旦不可磨灭的贡献,更是代表着一个个独立的思想和学术流派。复旦学子胸怀卓越理想,不仅要"博学而笃志",更会"切问而近思"。日复一日的寒窗苦读,正是花园复旦最诱人的地方。

一个精神美好的人,可以自成一座花园。一个精神花园的大学,自会成为一种向往。花园复旦,正在演绎你我的传奇!

同门师友

在中国古代,拜师学艺是一件极为严肃的事情。一旦拜了师门,就要遵守门规,否则就要被清理门户了。虽说拜师学艺的时代已经离我们远去了,但跟着不同的老师学习也得认真听取不一样的教诲。

不同的老师有不同的风格。在我的求学阶段,导师们都与众不同。正是他们的独到之处,让我获益匪浅。

本科阶段的求学多少带有一些憧憬象牙塔的色彩。上课和自习只是象牙塔生活的一部分,并且还是事后很容易被忘记的那部分。交朋友、爬大山、学游泳,还有搞活动,才是生活中让人感到美好的事情。许多人就沉浸在这样的憧憬中,以至于倏忽四年如白驹过隙,毕业后才猛然醒悟,大学时光被荒废了。

我之所以不用在此感到遗憾,是因为我有一位与众不同的本科导师。在他的读书会上,我对马克思主义哲学产生了浓厚的兴趣。之后,在与他的多次交流中,我坚定了考研方向。升入大三,我就把全部精力转移到了学习上面。在听课的过程中我发现，导师在教学过程中非常注重教书与育人的有效结合，使我们能"坐得住、听得进、受触动"。他对于教书育人已经形成了一套特色鲜明的理念、方法和技巧。从那个时候开始，我就确立了成为一名像他一样的大学教师的目标。我的本科导师用理想引领我的未来，让我从此与众不同。

对我而言，硕士阶段的求学多少带有一些迷茫色彩。我的硕士生导师讲给我们的第一句话是："适应上海、融入上海。"上海是一个快节奏的现代化大都市。从外地来到上海的学生，求学心理会有一个变化的过程。刚开始是对上海先进和繁华的无限向往，接着就会面临学业上的巨大压力，然后是对毕业的迷茫。他试着从学术上引导我们尽快走出迷茫时期。在他的课堂上，我们可以针对不同问题发表自己的看法。为此，我们事先都要作好充分准备。他就以批改读书笔记的方式，培养我们的学术能力。

我的硕士生导师是一个能全身心投入自己工作当中的人。在当时，我就认为这是他与众不同的地方。我的大师兄承袭了他的衣钵，他循着老师的研究领域走下去，经过数年耕耘，开辟了新的学术版图。如今，大师兄已是学界赫赫有名的青年才俊，他还时时关注我的成长，既让我感动又让我汗颜。我没有大师兄那样简单而执着地做好一件事的精神。他所取得的成就浸透了多少不足与外人道的辛苦，这才是他与众不同、引人深思的地方。

经过两年的工作历练，我已经知道要在博士求学阶段做什么了。我的博士生导师要我多看书、多听课、多思考。我就先把他的专著一本一本地往下啃，接着把他推荐给我的学术名著一本一本地往下读。读书的过程就像一次长跑。刚开始只是简单地起跑，跑着、跑着，就进入了状态。我把"跑步"过程中积累的心得写出来，就形成了一篇一篇的文章。他教会我的不仅是在学习过程中做学问的方法。他还教会我沉下心来，只为了做学问的意义本身。他与众不同的辉煌成就，建立在无比勤奋的基础之上，让我们既赞叹又羞愧。老师比学生用功，我们要做的永远都是向他表达深深的敬意。

老师的学生也是星汉灿烂。师兄师姐们，有的在学术上面取得了骄人成绩，成为与老师"平起平坐"的教授；有的在大学讲堂上脱颖而出，成为受学生欢迎的全国优秀教师；有的在政府部门兢兢业业，思考着国家和人民的命运……没有老师昨天的培养，哪有我们今天的成就。正所谓"日月之行，若出其中；星汉灿烂，若出其里"。老师就是我们的精神宇宙，源源不断地为我们输送着精神食粮，我们才能在广阔的天地里闪闪发光。

我想，我本科、硕士和博士阶段的积累都是为了来复旦做博士后。我以前看复旦学子，总感觉他们头顶有一个与众不同的光环。来到复旦我才明白，与众不同的东西，产生的过程往往是平淡的、重复的和需要耐心的。我把生命中最美好的青春年华放到了学业上，经过十年的漫长积累终于来到了梦寐以求的殿堂。我要感谢我的博士后合作导师，他为我搭建了人生中最为重要的一个平台。在这个理想可以飞翔的舞台上，我与众不同地成长着。

我的与众不同离不开合作导师的培养。老师因材施教，对于我，他是放心的。他给予我充分的自由，让我能专心于自己的研究领域。他又见多识广，平时乐于与我们分享一些有思想的见闻。于是，我们沐浴着老师智慧的阳光，在思想的沃土里快乐地成长。时间越久，我们就越能发现老师身上与众不同的东西。这正是能深深吸引我的地方。最后，我终于明白，在这种与众不同的熏陶下，我们才可以与众不同。

感谢求学路上的同门师友，你们让我与众不同。

🌸 室友福福

福福是旦旦在复旦大学的博士后室友。

来到复旦一年多,旦旦一直在一个人的世界里忙碌着。写论文、读书、看电影、听音乐、跑步,几件简单的事情就能描绘出旦旦每天的生活全貌。虽然旦旦还有一个室友华华,可他是在职博士后,学校这边有事情了才回寝室转转。于是,平日的寝室就只有旦旦一人。当学校因为房源紧张,与旦旦协商退一个房间时,福福才搬进了"旦旦精神家园"。

福福是浙江某高校的老师。他比旦旦大一岁,却已评上了副教授。三十多岁的副教授还是很让人刮目相看的。他讲述了自己与众不同的求学经历。除了本科和硕士是全日制,他的博士和博士后都属于在职的类型,这样就保证了工作的连续性。在职求学比较辛苦,不仅要处理工作上的任务,还要完成学业上的要求。他不但学业事业两不误,发表了数篇高质量的学术论文,而且还成功申请到了数个省部级课题。这就达到了参评高级职称的要求。

对旦旦而言,早点评个副教授也会很知足的。就在旦旦为梦全力奔跑的时候,福福让他觉得这个梦想并不遥远。福福笑着说,评副教授也很不容易。他刚开始申报课题的时候,就吃过许多"闭门羹"。高校还有很多立项不资助的课题,他只能先从申报这类课题开始突破。有了一定的学术积累,学术能力也在不断提高,他才陆续申请到了有资助的学术课题。之后,他就一发不可收拾地申请到了数个重量级课题。可见,在学术成长的路上,失败真乃成功之母。

能跟满是阳光的人在一起运动,旦旦觉得单调的生活突然有了色彩。福福不仅是学术达人,还是体育健将。他特别热爱运动。他不在寝室的时候,旦旦就只有跑步这一项运动。他在寝室的时候,除了跑步,旦旦就开始去健身房锻炼,还要打羽毛球和乒乓球。他可是旦旦在这方面聘请的私人教练。虽然旦旦从没有付过教练费用,福福也似乎有意忽略此事。时间久了,旦旦就养成了去健身房锻炼的习惯。即使福福去浙江上班了,旦旦仍每日按部就班地运动。

福福出生在一个"光影家庭"里,这就注定了他还是个摄影师。他从小就在照相方面受到了良好的熏陶。旦旦和他漫步在复旦校园,花园复旦的美景他信手拈来。通过对这些照片的整体布局、重点突出、瞬间抓取和构图技巧等的讲解,他给旦旦演示如何才能拍出较为理想的好照片。在他的细心指导下,旦旦发现了生活中鲜为人知的一些自然美,也掌握了如何才能用相机定格这种自然美的窍门。旦旦空间里"复旦大学"电子相册的照片大多是福福的杰作。他把旦旦在复旦校园里的点滴生活记录下来,数年以后也会成为一份难忘的复旦回忆。

在平日,复旦的博士后公寓就显得有些冷清。大多数博士后都属于在职培养,这里不是他们的主要阵地。博士后之间在楼里的交流就很贫乏。共用一个大厅的博士后之间互不认识,也就不是一件怪事了。福福与旦旦之间的交流,从认识的那一刻就开始了。旦旦脾气大,有时候为了某些事情,也会动怒发火。福福是一个包容性很强的人,在旦旦不顺心的时候,就通过聊天谈心的方式,为他排忧解难。所以旦旦一直把福福当成知心大哥。

这个知心大哥不在寝室的日子远远多于在寝室的日子。他不在的时候,他的水杯就不在;他在的时候,他的水杯就在。"我在杯在,杯在我在"一度是他空间里的座右铭,曾让旦旦疑心他的水杯假如不在了,他这个人是否还会继续存在下去。他其实想要表达的是,我在哪里我的水杯就会出现在哪里,我的水杯出现在哪里我就在哪里的意思。到他房间转转,才会发现他拥有各种各样的水杯。他们还一起在卿云轩买了带有复旦校徽的水晶玻璃杯。因为求学的缘分,他们在复旦相识。一起用复旦水杯就表达了他们对复旦共同的爱。不知道要等到何时,旦旦才能到福福的房间再见到他的复旦水杯?

光阴似箭

来复旦之前,我总是害怕荒废了两年宝贵光阴;这两年求学生涯即将结束,我又害怕离开复旦。现在的每一天,我都格外珍惜。我生怕这样的日子越来越少。

复旦对我而言曾是一个遥不可及的梦想。我在梦里想着她,她在远处望着他方。之后,这个梦变成了现实,真实地改变着我的生活,可我却开始怀疑自己的学术水平了。我刚到复旦的时候,确实压力很大。我有点自卑倾向,怕达不到这里的要求,辱没了她的名声。

我不停地看书、写作和投稿。怎么还没有相关刊物录用我的文章?!心急如焚之下,我都有点掉头发了。我在博士阶段,就是再忙,压力再大,也没有出现过这样的情况。难道我连这个学术水平都不具备?在常州开会时,我的硕士生导师就对我进行了一番宽慰。我将信将疑地继续写作。不出半年,我的多篇论文陆续收到了录用通知。我知道,没有合作导师的引路,没有博导的用心指点,我绝不会这么快就达到出站的基本要求。

松了一口气,我就开始轻松投入到申报课题的任务当中。心里虽轻松,研究进程却很紧张。我马不停蹄地看书、写论文、投稿。五六篇文章好不容易写好了,博士后却已经过了一半行程。我沉浸在如海的文籍当中,只感到日月如梭般一晃而逝。这正是我进站之前曾想过的生活方式。复旦让我拥有想要的生活,以至于我都不敢想象,今后出站我将去往何方。

第二年的开春,我就按照既定方案申报课题、撰写论文,间或处理一些其他事情。皇天有眼,还是会可怜勤苦之人。在受挫后重来之时,我终于拿到了梦寐以求的课题。有了经费资助,不管是发文章,还是日常生活,都会让我感到些许轻松。导师们的默默支持是我前进的精神力量,经费的大力资助是我学业的坚强后盾。我怀着无比坚定的信念,全身心投入到学业当中。自己的付出越得到承认,就越能激发我的创作欲望。

我心甘情愿地坐着"冷板凳",享受着复旦的宁静、自由和关爱。我越来越觉得,博士后的日子更加屈指可数。我也越来越害怕失去这样的日子。我惊恐,不是因为我完不成学业。我害怕,是因为当学业完成以后,我会失去复旦的光阴。在我的内心,那句话一遍遍地在翻滚:"为什么在复旦的日子总是过得这么快啊?!"

我还没有出站呢,就已经开始留恋复旦了。这出站以后还了得?我总是情不自禁地陷入对复旦的迷恋和感伤之中。在旁人看来,我无异于皇帝新装,无知地欣赏着自己。可是,在这纷杂的世界,能让我欣赏的东西又有多少呢?我宁愿全心全意地投入复旦的怀抱,一心一意地感受她的魅力。我相信,从复旦开始,我的故事将与她同在。

新努力

🌸 不二生活

很多人在复旦最多的体验是听名家课程和讲座,或去图书馆学习。这里确实云集了海内外众多学术知名学者,成为慕名而来的学子们的思想盛宴。而我却喜欢在网上看他们的讲座内容。一个人在寝室静静地汲取他们的智慧,自由之余还能免除各种劳累。

我虽然2007年就来到了上海,但还是不太习惯特大城市朝九晚五的作息时间。让我觉得可惜的是,大多数讲座一般在中午一两点左右开始,正好和我的午休时间冲突。为了保证一天能有充沛的精力,只好不情愿地放弃,安安稳稳地在寝室睡大觉。讲座不一定天天都有,午睡倒是不能落下的必做功课。这倒不是说我不爱听讲座,只是我不愿意疲倦地听讲座。不过我的任性选择恰好能反映复旦的自由传统。你的时间你自己支配,你的选择你自己承担。我就喜欢这样的生活方式。

我喜欢一个人在宿舍享受宁静的看书和写作时光。灿烂的阳光在外面晒着我的床被,全神贯注的我在里面紧张地思考。这样的生活方式不仅是复旦给予我的一种幸福,也是她给予千千万万像我一样求学人的幸福。隔壁"宫殿"住着老张,专门请假来复旦学习。他比我还珍惜这段光阴。寝室离文科图书馆较远,可他还是每天屁颠屁颠地跑去看书,不亦乐乎。他虽已工作多年,但还是很有学生的样子,不由得让我很受触动。

在这里,你总会找到你所需要的东西。来这里之前,你可能并不知道你需要什么。没关系,过上一段时间,你就会找到属于自己的天地。各取所需、各安其所,复旦总会培养你学会独立思考,尝试自己解决生活中的问题。所以我在这里求学的最大感受是,通过做事明白了什么是自由、宽容、文明和关爱。

当然,我的生活不全是学习。我爱随笔和诗歌之类的写作,还爱看小说和电影。每个月都有十来天是我遨游书海的闲暇时光。简单地看点想看的书。不为论文劳心,不被俗事缠绕。这就是一种简单的丰富。生活方式虽简单,心灵收获却非常丰富。

在校园里面住得久了,我还想出去走走。借着学术研讨会,吸上几口不同的空气。两年复旦光阴,给我提供了两次近距离接触祖国大好河山的机会。一次是去苏州的穹窿山感受氧吧的魅力,一次是到上海野生动物园走进动物世界。复旦在我们工作之余,能提供这些放松身心的机会,正好体现了她的人文关怀。

这就是我的复旦生活。可能并没有你想象中的那么多彩,却让我感到舒心、惬意、温暖、快乐。

书店窃情

　　人们遇上不顺心的事情了，总爱发点牢骚。书店遇到不顺心的事情了，只能默默地关门倒闭。身边的实体书店越来越少，就像把心灵的一个个定桩拔了一样，让人生出莫名的火气，可就是不知道该往哪里发泄。那就发点牢骚吧，不全是为了挥手告别，还有难以忘却的回忆。

　　爱逛书店，只是因为我喜欢看纸质书籍。电子书籍虽已普及，却并未改变我喜欢一头扎进书堆的爱好。网上也有专门卖书的书店，可我就是喜欢实体书店的气场。我喜欢与某一本书的邂逅，而不是"处心积虑"地得到。这样的感觉就决定了我读书的态度。遇到喜欢的书就当场读完，不仅怡情悦性，还见多识广。这就可怜了我的两条腿啦。因为在上大南门的"学人书店"，没有座椅，只能站着读了。上海书城也是这样，可并不妨碍我们席地而坐，或"顶天立地"的豪迈。来到复旦，这样的情况就好很多了。复旦的"经世书局"和"鹿鸣书店"都开辟了专门供人阅读的空间。这里的书种类更多，品位也更高些。我的胃口也一下子由文史哲书籍扩展到了艺术和科学领域。

时间稍长，就会自然而然地感受到书店的好"福利"。你对世界的认识取决于你所认识到的世界。而你阅读的广度和深度则决定了你对"同一"世界"不同"的认识程度。用通俗的话来说就是，人活一世，总要活得清清楚楚、明明白白。那种糊里糊涂地活着，是一般人所不愿意过的。而要想透过现象看清生活的本质，就要深入到书中的理念世界，把握理念中的生活模样。只有如此，才能在拥有自己思想的同时提升人生境界，更好地活着。在这个意义上，读书完全不是逃避现实生活，而是为了更好地认识和改造生活世界。

我大都会在书店读书，所以我对书的情感也会不自觉地移情到书店上面。遇到好书，我会毫不犹豫地买下来。复旦北苑附近的"上海新文艺书局"是我常去的地方。刚开始，我只看不买。后来，我发现这里的很多书都值得收藏，于是就又看又买。看完以后，意犹未尽，又神魂颠倒般地去淘书，淘到好书先看再买，就这样一直买了还买。后来，与该店的工作人员熟悉以后，才知道老板竟是复旦校友。她从事出版社编辑工作多年，一直想经营一家自己的书店。这种利己又利人的爱好，就为周围的复旦学子带来了一个可以歇脚歇心的地方。可惜好景不长，这个书店竟然也和上大的那家书店一样关门大吉了。只不过后者是因为经营不下去而自行了断，而前者是因为上大的外在原因而被迫停业。我为该书店的命运感到惋惜。有时候，读书人的命运就和这个书店是一样的。适逢"明主"，仕途可以一路顺风顺水；遭遇"昏君"，人生只能一直颠沛流离。

复旦的这些书店，对我而言，就是一个个体验思想深度的世界。我对这个世界的领悟，在很大程度上，来源于书中的理念世界。我看过的书越多，就越能感觉到这个世界的深邃,就越想把心灵的自足诉诸笔端,形成自我的精神世界。而书店无疑是承载这些理念的专门物质载体。没有了书店,理念世界就像没有躯体的灵魂,只能居无定所地到处漂泊。我相信,爱读书的人肯定无法容忍这样的境况。因为书店的没落就在一定程度上反映着人们精神上的失落,这是人们的生活在精神领域的现实写照。纵使还有一些人窃窃悲情,也不能扭转实体书店的现实境遇。

丁酉元宵

中国的节日，在家里过，是享受浓浓的亲情；在他乡过，是欲断魂的感伤；在学校过，是与恩师同在的幸福。

与不同的老师过中国的传统节日，会有完全不一样的感触。我们第一次是与本科导师欢度端午节。这是我们整个大学阶段，唯一一次在毕业临近之际与导师共度佳节。年少纯真的我们开心得不得了！吃饭期间，我们有些局促，又有些激动，不知道该如何感谢老师。好在老师的人格魅力很强大，他爽朗的笑声感染了我们。我们只会懵懵懂懂地憨笑，却在无意间表达着我们的感恩之情。

我的硕士生导师和博士生导师都喜欢在中秋节召集大家热闹一下。这是阖家团圆的节日。我们这些漂在学校的游子，终日活在学校的象牙窝里，过不过节，对我们而言意义也不太大。但对刚离开父母庇护的小师弟小师妹们而言，就想要通过某种形式表达思乡思亲的情感。硕士生导师会借着这个机会介绍"新人"。"老人"则会因为同一师门，而对"新人"多了一份认同感。博导则畅谈周游列国的感触,不时提及远在国外的子孙,也是无限思念的父母心。

"老人"都带着老师的知识结构,兴高采烈地展开交流。"新人"则在一旁默默观望,试图在找寻插话的最佳切入点。初入师门时,大家都是性格迥异的高材生。经过同一个老师的教诲,多少也会对老师的思想和为人有所了解,身上带一点老师的影子,不然一出师门又返回原来的自我,让老师情何以堪?老师就是那个新的自我,只有学会老师的生存本领,老师才会放心地让我们踏入社会。

我就是带着前几位导师的知识结构和生活影子,进入了博士后合作导师的门下。入门之前,早就听说这位导师是一位逍遥派人物。在学院老师的个人简介里这样描述其治学理念:"有话则长,无话则短,不说空话,不说套话";育人理念:"以身作则,身教重于言传";座右铭:"山高水长,闲云野鹤"……经过不到两年的接触,我感觉老师确实是个自由随性且淡泊名利的人。他在学问上对学生严把关,却在生活上放养管理。

在一次师门交流中,有师姐大胆提议师门聚餐,瞬间应者云集,好不热闹。不到数日,此次聚会交流竟成现实。这极大激发了同门的参与热情。师姐兴奋地说:"1位导师+14个学生=15,很有意义的数字!就是十五元宵节啊!再加3位嘉宾等于18,肖门要发!"来的人欢欣鼓舞,意气风发;没来的人羡慕嫉妒,频传祝福。几位师兄更是诗兴大作,即兴赋诗。

一位法官师兄感慨道:"今夜应无眠,元宵闹正欢;微信传亲情,最把同门念。"

一位复旦师兄激动说:"恰逢佳节重相聚,同门把酒分外亲;喜看母校团圆月,铺展锦绣好前程。"

上面法官师兄马上接："杨家大才子，即兴把诗来；丁酉元宵节，共话复旦时。"

法官师兄还专门要求我也来一首，着实把我吓了一大跳。这么看得起我！我要是不弄一首出来，怎敢再向同门请教？随赋一诗，尽管拙劣，却饱含我对老师的感恩、感激和感谢！我想，这也是所有同门对老师的心声。

逍遥赴

魔都灯火十五去，天下桃李元宵聚；

故里日月佳节同，复旦昼夜汤圆度。

往事如初勾无数，肖老为我来铺路；

殚精竭虑成栋梁，人间自有师恩助。

聚餐倒成了次要的，交流情感和生活成了主要的话题。大家你一言、我一语，不断回顾在复旦的点点滴滴。这才发现，原来不仅自己变化挺大的，母校也在日新月异地发展。原来住宿的地方、上课的地方、吃饭的地方已经物换星移，不变的是那颗感恩的心、认可的情和已经定格在曾经的青春。

为了参加此次聚会，好几位师兄和师姐一大早就从远郊奔赴而来，比我们这些在校的学子来得还早。他们的心，更加炙热、滚烫，他们的情，更加牵挂、感人。一见老师就马上促膝畅谈，比我们这些在校的更显意切情真。老师也为我们精心准备了点心和水果，提前安排好了一切。我想，大家之所以珍惜这个难忘的日子，是因为一种认可，认可老师的为人、为学和为教；是因为一种找寻，找寻曾经的青春、记忆和脚印；是因为一种情感，想要再次重温老师给予的指点、帮扶和关爱。有这份心，用这份情，我们就还能再次团圆。

🌸 自学成才

名校中很多学子都有较强的自学意识。漫长的人生仅靠中小学的填鸭式教育，是不足以支撑幸福生活的。真正的学习恐怕还要从进入大学阶段开始，逐渐由学知识转为领悟道理和思想，再养成看书和自学的好习惯，才有可能获得真知，不枉此生。

培养学生的自学能力，是大学与中小学的不同之处。以前的教科书只是为了教会我们读书识字和为人处世的基础。当然，对于穷人家的孩子而言，学习还被赋予了改变命运的艰巨使命。而大学阶段的上课和读书是为了寻找自己感兴趣的理论体系，储备能应对未知人生的各种知识。所以大学应该是一个人最疯狂的读书阶段。只有沉浸在对世界的各种认识当中，你才会发现无穷无尽的奥妙和精彩；只有在静心读书的过程当中，你才能为浮躁的心灵找到一个可以安放的场所；只有见多识广，你才更能明白自己清楚地活着的意义。

复旦的魅力就在于，她为你的精神提供了一个自由的场域。你想成为什么样的人,就可以按照什么样的方式来做自己。她不横加干涉你的生活,也不妄加论断你的选择。但你要对自己的"心"和行为负责。你可以把时间过成对星空的思考,也可以躺在床上呓呓梦语,还可以不亦乐乎地身兼数职……只是,如果你一味沉浸在"形而下"的物质追求当中,那你自然体悟不到复旦的精神气息。只有那些能够把玩和体味"形而上"的存在,才有可能洞见澄明的天光。

复旦不是几所大楼拼凑的崭新校园,不是应付几堂课的教学单位,不是爱慕虚荣的名利场所,不是走完一遭就了事的求学阶段,而是能把人培养成具有独立人格的精神圣殿,能让人心有所念又有所作为的人生舞台,能给人带来欣赏感动和成就感的灵魂的场域。在复旦,学生也能获得不虚此行并得其所是的美好经历。

可能我与一些人的感受不太一样。或许是因为我来复旦之前,已经明白了自己想要得到什么,能够认真地做点什么,以及已经做了哪些工作。我是带着以往的人生经历来复旦的。我曾无数次地渴望能与某一所名校有一段求学缘分。我一直坚持读书、执着地思考着,为的就是将来有一天能有一个华丽的转变。这绝不是世俗意义上的肤浅转变,而是对多年自学的一份交代。在之前的求学路上,曾有许多老师教我学习不同的知识结构。在他们的引导下,我终于形成了一套独属于自己的把握世界的理论体系。在获得自我意识的情况下,我对人生的自我设计,对未来的美好憧憬,或许真的才刚刚开始。

尤其是在复旦这样的大环境中,我更能明白自己当下的责任和将来的使命。复旦有自由,自学能成才。当我抓住了这份难得的求学机会后,就迫不及待地想要安安静静地读一些书,心平气和地写一些东西,力所能及地改善生存的不利处境,并带着理想主义的浪漫畅想未来。我是个笨人,只会苦读、笨想,从来不想被所谓的喧嚣功名或眼前利禄所折磨。只要给我一个稍微自由一点的环境,让我在"被遗忘"中获得一份简单的满足和难得的安宁就行了。复旦给我提供了这样的生活环境。在自由的求学氛围当中,我会逐渐远离外界的纷扰。通过阅读、写作、思考、幻想,来找寻一个全新的可能的自我。这或许就是以悟道的形式来解放自己的一个过程。

在自我领悟人生真谛的过程中,我越来越发现:只有敢于悟道,才能得道于心。谁的生命历程都可以成为一段悟道的心路历程。然而生活中的重负总会让一些人疲倦不堪,在迷失中竟无暇旁顾,更谈不上悟道了。这是当下许多人身上的"毛病"。幸运的是,我有一颗悟道的心。为了不负此心,我一直坚持此行,恰好也在复旦逍遥过。这里有我向往的生活,有我生命的流淌,有我对意义的确证,有我对生命的感悟。这就是我在复旦的所得。

一片绿叶

在复旦这棵"大树"上，曾有一片"绿叶"格外有活力。

这片绿叶生机勃勃地生长着，让人明显感觉到，一股希望的力量在心中涌动。我之所以注意到了这片绿叶，是因为我也想像它一样，在这棵大树上自由自在地成长。

我是一片飞到这棵大树上的叶子。在这棵大树上，已经有无数的大枝大叶。我深知，我的到来不是与已有的大枝大叶争夺阳光和养料，而是要观察它们是如何长成理想模样的。

从贫瘠的土地上生长出来的叶子，虽有自身的乡土气息，却难以掩饰生长不良的痕迹。这是一片普通树叶的叹息。如能在参天大树上繁衍生息，无异于天赐恩惠。

我向往的那片绿叶，就在参天大树上自成一景。当我得知，这片绿叶也曾生长在贫瘠的土壤，也曾想要为大树而生的时候，感到无比的震撼！

你看，它在大树上生长得那么欢天喜地，成长得那么耀眼夺目。谁能想到它以前处于什么样的情况呢？

这片绿叶看过无数的风景。当它落到这棵大树上的时候，它就时刻准备着要和"阳春白雪"的大枝大叶"飙戏"和"过招"。虽然曾经"街头卖艺"过，现在仍然浪迹江湖，却有一颗为大树而生长的心！我被这片绿叶的追求和执着所感染。

绿叶与大枝大叶在一起生长，没有形单影只的感觉，反而其乐融融地活着。因为它们都有一个共同的目标，就是为参天大树的壮美而无私地奉献着。

我多想，自己也能和这片绿叶一样，参与到直达云霄的过程当中。我也来自贫瘠的土壤，却有一颗仰望星空的心。我也曾漫无边际地流浪过，直到发现这棵耸入天际的大树。难道是因为它太高大了，让人生出难以名状的距离感？还是小叶在大树面前，无地自容？

毫无疑问，这棵大树有宽广的胸怀。它既能包容大枝大叶，也会收留小花小草。这是在大树上生活之后，才知道的事情。为什么小花小草、小叶小枝就不能早一点投入到参天大树的怀抱呢？

既然有为大树而生的心，就要有为大树而活的行。即使生存的环境很恶劣，也不能被寒风冻雨所摧折。信念坚定，就一定会有小叶的明媚春天。

这片绿叶想要以参天大树为家。奈何"树欲静而风不止"！绿叶最终为自己找到了新家。那也是一棵参天大树。只不过是两种生长形态的大树。正是因为有那么多有特色的大树，小叶才能变成大叶，小树才能长成大树。

我的命运与这片绿叶有些相似。而绿叶希望我会比它好一点。

我没有它那么美丽动人。我还是我，只不过我知道，参天大树上大枝大叶的故事。我要讲出这些故事，讲给和我一样，想来参天大树上生长的人。

不管我们出生的土地多么贫瘠,我们都可以通过成长改变自己。

这或许就是这片绿叶给我的启发。

对话复旦

我有许多困惑想和复旦探讨。

我所走过的路，是一条求学路。我所得到的成长，是求知的成长。这样的人生之路能带给我什么？

复旦笑而不语。

当我浪迹于不着边际的田野，我不知道求学的意义，认为求学只是长大过程中的一个必然环节。大人们一定要让小孩子把求学当成一项重要的任务来做。其实，他们未必真知我们为什么要求学。可他们却把自己的意愿强加给了我们。

我们生活在"谜"一样的世界里，谁都无法给出一个确切的答案。

有时候，我明明知道我是谁，却还禁不住地问"我是谁？"每每这样问的时候，我的内心就会生出莫名的恐惧。

我占有的知识越多，就越容易怀疑周遭的一切。

我该相信什么呢？

人类的世界就像深渊,深到难以测知。我该拥有一把什么样的尺子,才能丈量这世界的奥秘。

复旦神秘地微笑着,就像密涅瓦的猫头鹰一样注视着我。

我是个苦行僧。我脑海的思想就是我的修行。可我为什么一定要这样苦苦地修行呢?

当我没问这个问题的时候,我的人生就像既定的答案,无须质疑。当我问这个问题的时候,我的人生就注入了一团火,想要熊熊燃烧。

思想被插上翅膀,会是一种什么样的感受?

在境界的第一层,真理之花满天繁星;在境界的第二层,谬误之果团团笼罩;在境界的第三层,希望之光依稀可辨……

不追问"我是谁?""我从哪里来?""我到哪里去?"如何才能活得明白?

复旦显然有话要讲:"此时的你,是象牙塔里的学子;此后的你,是人生舞台的主人。"

求学之路显现的,将是一生的基调。只有美好的光阴,才能孕育累累硕果。人生最惬意的时刻,莫过于星空下的思考。

复旦呵,您是否在告诉我:苦短人生该这样过?

在您这里,苦短的是思想的火花。

在我这里,苦短的是意义的瞬间。

在人生厮杀的战场,困扰我的是何等的痛苦!我生命中的巨石,才是真正的救赎吗?

找寻,在西西弗斯神话里战胜一切。这是何等的悲剧,又是何等的胜利!

我清醒地沉默着,固执地坚守着,真诚地体验着。

我不知道还能干些什么。

复旦,眼睛到底能看见什么?

我满眼都是带刺的玫瑰花。

玫瑰花不仅让小王子感到苦恼,也让我感到迷茫。遇见狐狸,小王子才认识到了玫瑰花的价值。

我生命中的狐狸在哪里,我又该何去何从?

我只有时间这个朋友,而时间也在离我而去。

复旦,我真傻。人生这么美好,为何偏偏让我感到如此苦恼?

我已经听厌了人们关于人生的讨论。同样的一句话,不同的人说,为什么会有这么大的区别?

"去找小王子吧!"复旦如是说。

或许,他正在德尔菲神庙等着我呢!

君若要来

君若要来,我心甚欢。复旦日月,灿耀你我。

十年一晃,上海之约终未成行。心中隐痛,存留至今。每忆及往事,纵有如雨之泪,不能宽解此心。

贫寒学子,只有鱼跃龙门之梦。年少承蒙养育,求学不忘鞭策,平日多有教诲,概成往日回忆。

丁亥年戊申月,君要送我来上海。为省区区数十元车费,补充我生活之用,竟半途折回。此后再无机会。

我只知家境困难,不知君身缠重病。治病尚无资费,更不敢期许远行。沪上有吾儿,想要走一遭。我知君心意,奈何不如愿。

复旦求学日,不负好时光。底蕴有百年,声誉海内外。平时爱钻研,闲来静心记。自由精神气,开明复旦人。我如鱼得水,欢喜复旦游。君若知我心,可休生前恨。

枯荣有一生,生死有何畏。生前坦荡荡,死后磊落落。只是我不知,离别之日竟在旦夕间。

己丑年戊辰月,壬午之日两茫茫。晋沪之距,无穷之远。纵使一日千里,也难告慰离恨。

人未到,泪已干。为君哀,伤不停。

成长路,有君助。求学悟,根深固。寻出路,胸有竹。与君伍,可驭虎。

成才之日,无君相佐。朝旦无梦,日月无光。

多少美梦想成真,醒来只是梦一场。梦中有君来复旦,欣喜若狂自不言。我把复旦与君话,铭心情意安理得。复旦师恩有如君,来往自如有神气。新锐泰斗皆入怀,宽容仁爱适我心。

阳春白雪宽以待人,下里巴人心宽体胖。请君欣赏赤子之心,与吾同感百川纳海。

> 人生有长短,梦里无远近。丁酉清明节,梦里又逢君。
>
> 邀君来复旦,共享好时节。复旦有故事,儿为君来道。
>
> 唯恐君不来,寝食也难安。哀求不济可,哭泣不成声。
>
> 所言涕零泪,未尽一片心。是以此文记,镌骨又铭心。

体验命运

命运有着一张"普罗透斯式"的脸,变幻无穷,让我难以捉摸。

我来复旦之前,不知何为命运。因为我知道,我不敢奢谈命运。只有命好的人,才会夸夸其谈。现在我依然感觉到,命运是一种奇怪的存在。

当你想知道你命运的时候,往往不得而知。当你不想知道的时候,它就围着你打转。

命运对我而言,是一种偶然的存在。它既能这样,也可以那样。

我一直认为,我的生活正在展开我的命运。我不想谈论命运,只想体验生活。

因为一种偶然,我来到了复旦。我总觉得,冥冥之中,这种偶然就是一种必然。我曾把生命中的许多偶然活成了必然。接着我又面对着无数的偶然。我曾害怕偶然,因为我害怕改变。在这里,我却发现,我正在拥抱偶然。每一次偶然的相遇,都是一种生活的体验,也是一次命运的改变。

复旦的生活让我感受到了一种全新的自由,这是一种不同于以往的体验。

我突然发现，自己的生活可以自己主宰。我可以自由地看书、自由地写作、自由地睡觉、自由地娱乐……

这种自由使我不必太在意以往所看重的名利。

我曾在很长一段时间，沉迷于所谓的"证明自己"。

为了证明自己，我需要不断地发表论文；为了证明自己，我需要自主地解决生活费用；为了证明自己，我需要倾其所有地照顾家人；为了证明自己，我忙碌于转瞬即忘的琐事。我就是证明自己的工具。除了证明自己，我还能干什么？

回首过往，我才发现，曾走过的路是那样的五味杂陈。

真正掌握命运的人，是不需要证明自己的。他的生活就是证明自己的最好方式，难道还需要再通过刻意的证明来证明吗？

我虽一如既往地写着论文、写各种让我感兴趣的东西，但我正在放下证明自己的心理包袱。我写论文，抑或各种文字，只是因为我想表达自己的想法，我想倾诉自己的情感。我喜欢能自由表达想法，能真诚倾诉情感的生活方式。

我不是在证明自己写了多少，而是在发现自己有多么真实。

人总要学会塑造自己的命运。我的写作就是我对命运的自我塑造。

如果没有宽容的精神氛围，如果没有自由的思考环境，如果没有适心的生活体验，我又如何才能做到真情流露？

我流露的都是我的复旦因子，打上了我生命烙印的复旦因子。

我曾将大学视为逃避残酷命运的仅存之地。因为我一直觉得，负重是我人生挥之不去的色彩。我被种种压力压得喘不过气来，唯有纯粹的环境才能拯救我脆弱的灵魂。

复旦的自由色彩,让我明白,所有的重负都是暂时的。我感同身受地体验着我的自由,我的自由正帮我解脱这些重负。在未完成的成长之路,这些自由终会成为我人生独有的色彩。

命运之路,该自己去走。

在此路上,我才明白,我只是命运的体验者,还不能说是命运的改变者。体验命运,对我而言,比改变命运让我活得更加自由。

慕名而来

学子的内心都有名校情结。长期在上海求学的我,自然摆脱不了对复旦的向往之心。

我申请来复旦做研究时,内心有些悲喜交加。我既为自己能来名校搞研究暗自窃喜,又怕在研究能力上达不到复旦的要求。之前的求学经历刚使我一只脚踏入了学术研究领域,之后的研究工作就要求我能独立自主地开展工作。庆幸的是,合作导师并没有因为我起点较低、基础薄弱,就把我拒之门外。他格外眷顾地给了我继续求学的机会。

学生在没有建立起自己的理论体系,形成自己的研究领域时,老师对学生的培养就面临着达不到要求的风险。我的老师没有因为这个原因就轻易否定一个人,而是努力创造发展的环境,让我在研究中慢慢成长成熟。我结合以前的背景知识、老师的关注领域、自己的研究兴趣,寻找可能的突破口。

每个人的学术成长都有自己的规律。老师很有耐心地欣赏着我的成长。我想,他肯定知道,一个人在复旦的自由环境中如何找寻大展拳脚的机会和方式。他不拘一格地收留了我,并在我在站的期间,尽最大努力帮我解决各种困难。遇见这样的伯乐,是我一生的幸运。既然与复旦有缘,与老师结缘,就要按照学校的要求、老师的期望努力奋斗。刚开始的一段时间,我生怕达不到复旦的要求,内心一直很焦虑。在老师的指点下,在不断地阅读、思考和写作当中,我好像找到了研究的窍门,很快就取得了相关成果。

我们有什么样的努力,就能有什么样的结果。老师注重做事的可靠、专一、吃苦和耐劳的精神。你把事情做对了、做好了,自然就会达到相应层次。跟着老师学习,我才明白了一个朴素的道理:我来复旦,是要为她做些什么,而不是要求她为我做什么。只有用心感受复旦的生活,才能在这里得到想要的成长。

老师不仅引领我搞研究,更启发我如何做学问。如果仅仅为了发几篇文章、拿几项课题,就把做博士后的过程理解得肤浅了。搞研究是一个阶段的任务,而做学问是一辈子的事情。能通过当下的搞研究为一辈子的做学问打下基础,无疑是我在复旦最大的收获。所谓慕名而来,主要是仰慕复旦学人做学问,以及这些名师的为学境界。而能够仰慕的前提是,我要自觉意识到这份名气的所在。

我能够在老师身上感受到文人的人文情怀。老师是我眼中的公共知识分子,有着强烈的社会责任感。在日常交流中,我能感受到他对社会热点问题敏锐觉察的意识和态度。这种道义担当的气场是与通达正气的境界分不开的。我跟着老师做学问,不仅要领悟老师为理和为学的涵养,更要达到老师为人和为道的境界。

这两年的求学生涯,让我对复旦的生活无限眷恋。我总觉得两年时光过得太快,还没有上瘾就快要结束。我慕名而来,对如老师一样的复旦学人心怀敬意。我也努力让自己通过行动热爱复旦，证明自己就是复旦的一员。这种抑制不住的渴望，从踏入复旦的第一天一直持续到现在。我对如何做学问的体悟才刚刚开始，只有继续用心求真、求善、求道，才能不负老师的谆谆教诲。

星空有我

在复旦的日子久了,就会对星空有一种特别的感情。

我喜欢欣赏夜晚的星空。星星们不安分了,就会对你眨着眼睛。你是否会心地感受过它们的合唱?

享受如此简单的快乐,总是一桩人间美事。

仰望浩渺的星空,感受宇宙的深邃,有一种想要定格永恒的念想。难怪古今中外的智者们,喜欢用星空表达对理想信念的追求。

苍穹之下,定有一批仰望星空的人。

这些人不满意世俗的吃喝玩乐,着迷于对自由的向往、对真理的追寻、对善念的把握、对美德的感悟、对永恒的幻想……

这些貌似"无用"的忙碌,在我看来,却像天空的群星一样璀璨夺目。

当古希腊的智者泰勒斯仰望星空的时候,脚下的琐事即便再"有用",也没有内心的激动更让他心潮澎湃。在星空之间,泰勒斯闪烁着热爱智慧的火花,成为引领人类走向未知世界的一盏明灯。

我时常意会泰勒斯的星空,用以支撑行走人生的勇气。

我若是太"有用"了,就会被闲不下来的名利所累。纷至沓来的"任务"和"帮忙",让我觉得自己只是个会干活的机器。我若是太"无用"了,就会无聊到无所事事。生活在一切都要"有用"才能被认可的社会里,你拿什么来证明自己的存在价值?

不管"有用"还是"无用",我好像觉得,自己离星空渐行渐远。

老是计较或鄙夷所谓的现实利益,难道我就没有更高的渴望了吗?

抬头仰望星空的召唤,确实比低头忙碌生活的琐事,更无助于活得"有用"。可我不就是太"有用"了,以至于让"做有用的事""成为有用的人"主宰了我的一切。除了成为他人眼中的"有用",我还能剩下什么? 当有一天,我发现自己其实很"无用"的时候,我又会失落成何种模样?

星空的魅力就在于,让你跳出当下的"有用"或"无用",让自由的灵魂坚持独立地飞翔。

人要有自己的星空,才能感受到活着的意义。你需要星空的陪伴来发现真正的自己,而不是一味地成为具体的"有用",或一无是处的"无用"。

在我看来,仰望星空,是人生必须始终如一地要认真做好的一件事情。

来到复旦,听说这是一个培养"自由而无用的灵魂"的学府,我的心中瞬间升起莫名的感动。这正是找寻星空的绝佳之地。没有对自由的向往,如何热爱灿烂星空? 都沉浸在"形而下"的"有用""能用"当中,如何仰望震撼心灵的澄明星空?

这两年的求学,让我养成了一种仰望的心态。复旦就是我人生的星空。这里的大师群星闪耀,点缀着漫天梦幻的星空。你会不自觉地放下过往,想要让大师的光芒穿透黑暗引领你的未来。

星空总是与希望结伴而行。

在你怀疑、焦虑和失望的时候,你要相信,你的领悟并非徒劳的。星空之下,你的书生气荡漾其中,与你的理想一样,振奋人心。

星空蕴含着神奇的魅力,其中也闪耀着坚定不移的信念。当你的明眸注视着永恒,群星也会感应你的向往。

对于仰望星空的人,星空之间永远会有他的容身之地。

我曾默默地欣赏过无数的星空,并且从来没有停止过找寻的脚步。当内心的仰望与复旦的星空相连时,我就知道自己找到了精神的故乡……

新 体 验

🌸 安得此心

许多崭新的大学校园往往给人一种千篇一律的感觉。而生活在有文化底蕴的复旦,校园陈设虽久远而古朴,却能让你拥有万里挑一、可遇而不可求的大学生涯。在复旦,你可以把大学生活过成一种理想,心中想怎样拥有,就用行动怎样实现;你可以把大学生活过成一种思想,怎样设计大学生活,就能呈现怎样的求学轨迹。复旦"自由""包容""开明""自主"的文化底蕴,让你能在这里安得此心。

我特别喜欢到复旦的燕园逛一逛,尤其是想要放飞心情的时候。这里有唐代诗人刘禹锡的一句诗:"旧时王谢堂前燕,飞入寻常百姓家。"这大概就是燕园的来历吧。我时常意会刻有这两句诗的燕园传达给我的东西。据说,这是有复旦"保姆"之称的李登辉校长不惜举借巨债从私人富商谢某手中购得。而该园在此之前为王氏所有,故以上述诗歌隐喻学校一隅的历史变迁。而我却更喜欢将其理解为,是"百姓家"的燕子飞入了复旦的"王谢堂"。复旦不仅欢迎高考获胜和求职工作的人,更接纳考研、考博,乃至做博士后、访学的人。我心中就有一个燕园梦。可惜通过高考、考研和考博的努力，也没能实现我的燕园梦，却在做博士后期间才开始放飞我在复旦的梦想，并能从这里展开我人生的燕园梦。如果没有包容的文化底蕴，我怎能奢求复旦给予我的一切。

在复旦遇到我生命中的贵人，开启了我最难忘的一段求学之旅。我的博士后合作导师就是我在复旦的贵人。老师没有因为我是跨专业学生，以及我并不光鲜的求学履历将我拒之门外，而是热情地欢迎我报考，还在我入门后，不断地帮助我获得学术上的成长。我是一个文艺青年，除了忙碌学业，还要在文学阅读和写作上投入大量精力。这在有些人看来或许是一种不务正业的行为。尤其是在两年的时间里要达到博士后的出站要求，让人倍感压力。文学就成为我安放焦虑心灵的场所。我害怕我的"星空"被所谓的忙碌挤兑。让我感到幸运的是，我从未因此受到过任何的责难和烦扰。老师很理解我的这种行为，只要我把该做的事情做完、做好就行。他从不干涉我的私人空间。老师是一个开明的人，他给予我充分的自由，让我做自己喜欢的事情。正如他在复旦百年校庆纪念文中所说的那样，"我在复旦感受到的精神气，一个'开明'的精神气，一个'宽容'的精神气……"

复旦拥有包容和开明的文化底蕴，就给我提供了一个自由和自主成长的平台。我不仅有来复旦求学的理想，更有来复旦工作的梦想。这是多少寒门学子孜孜以求的奢想。我是带着自己的思想来复旦求学的，既想通过科研工作表达我的思考，又想通过育人环节展开我的想法，更想通过自己的表达告诉大家我在复旦所感受到的人文关怀。我所积累的不是人云亦云的东西，我所追求的不是千篇一律地活着，我所看到的不是载歌载舞的热闹，我所希望的不是觥筹交错的虚荣。我要把自己独有的感悟凝结成生命当中的一个个价值符号,让我的思考和想法构成我人生意义的大道。这就要求我独立自主地记录在复旦的生活感悟。当我把在复旦的求学时光过成呈现我思想的一种方式时,我就成为我所希望成为的自己。若是我对复旦的些许理解,能与生活在同一片天空下的你有一丝丝共鸣,那会让我产生意想不到的激动和惊喜。

复旦属于那种万里挑一的高等学府,复旦人理应拥有万里挑一的独特灵魂。当我在千篇一律的生活中寻找能安放灵魂的归属地时,我遇到了复旦。复旦有欣赏我理想的人,有尊重我思想的磁场,有激发我潜能的文化底蕴。从这里出发,与复旦同在,才能发现自己,安得此心。

玩诗弄兴

在复旦感受诗意文化，成为有趣的复旦人，也不枉来此一学。

我身边许多来复旦求学的学子都会吟诗作赋，这让我由衷佩服。在我看来，诗赋词话岂是一般人张口即来的消费品？这里的学人改变了我带有偏颇的看法。他们确实能把复旦的生活和内心的感悟，用诗词的形式表达出来。

我隔壁"宫殿"住着"弓长"兄，就是极具诗人气质的博士后。我和他一样要汲取复旦早晨的精华，但我们不一样的地方是，我是跑步锻炼身体，他是通过散步来感悟复旦。我跑完步，还是那个脑中无物、腹中无才的傻"旦"；他走完步，就诗兴大作。经过燕园——"朝阳细雨篱园沙，万物峥嵘尽繁华。世间纵有千般好，不及书香伴万花。"思园漫步——"樱花不必东洋，古道岂尽愁肠。少年半世出走，归来四野留香。"人到中年，不再年轻。可"弓长"兄却在花开无言、叶落无声的复旦，有日出东方、少年中国的豪迈。此心此情，我是难以言表的。

从珞珈来的"光光"博士后，也是满身的诗味，写出了不少好诗。他在《上海老友记》中写道："毕业一晃十多年，布衣初改老皮脸。草莽荒纪成转眼，交契相知驻心田。"我常叫他"新南郭先生"，因为他老爱在我跟前意气风发地摆谱，但我很不以为意。看了他的"丙申小雪雨纷飞，且今复兮人徘徊。功名利禄休再问，人生意气不复归"之后，我突然对他产生了好感。他也会感慨人生，还有些情怀和境界，那我就忙里偷闲地关注一下他吧。

众所周知的博士后"校长"，也是高产诗人，信手拈来。比如《无奈2》："我欲闭关，颈椎发炎。身心煎熬，只为科研！痴迷科研，天上人间。迷途十载，相见恨晚。何为科研？赔本自欢，不如小贩，无比难堪！"光光看后，马上奉劝："科个毛研，要命发炎。及时勒马，回头消炎。"我不知"校长"看后，是否大为光火。我的感受是，"悔不当初，依然要触。科研必触，不然痛楚"。

复旦人的才华当然不是只体现在我们这群自娱自乐的博士后身上。复旦的博士生、硕士生、本科生大都满腹诗书，把复旦生活过成了诗情画意。复旦博士好友，知道我工作落地，即兴赋诗一首，让我感动万千。"任君书记本翩翩，逐月听风构诗篇。北苑桃红蜂连绵，曦园樱满水涟漪。昔日平湖曾携手，今兹歇浦晏笑言。著书佳地百年计，植桃育兰度世间。"这里还讲到了我与"好师兄"从西湖到黄浦的友情，很让我感动。这真乃，知我者，道我心，不知者，谓我求。

缘在复旦展才华，心随日月有光华。复旦的才子佳人满眼可得。我在锻炼中认识了一位才学卓越的硕士生，想不到她也是诗词歌赋样样精通。这不，她就把当时晨跑的情境玩出了诗歌的意境。"莫听穿林打叶声，何妨吟啸且徐行？轻装上阵最从容，谁怕？一蓑烟雨任平生。料峭春风吹梦醒，微冷，燕园晨曦正相迎。回首向来萧瑟处，归去，也无风雨也无晴。"她把苏轼

65

的《定风波·莫听穿林打叶声》又改又编地名曰"胡诌",也甚为有趣可爱。

谈到借诗达意,复旦的本科生也毫不示弱。我们的博士后群体里有一位大仙级人物。她的课犹如春风化雨,以至于学生纷纷这样评价:"保险经济,说不尽,千古名家理论。人寿健康,皆道来,寿险市场实务。推导公式,剖析理论,解众生迷惑。短小课堂,多少钦佩目光。曾记毕业论文,忧愁上眉梢,茫然无措。引导选题,通思路,不曾一丝倦怠。今当毕业,谢白鸽老师,四年相伴。桃李满园,祝福健康快乐。"有所思、有所悟,才能有所爱、有所为。这就是复旦人的情真意切。

在复旦求学,活得通情达理,又趣味盎然,才是人生的真境界。复旦有培养诗意人生的文化沃土,复旦学人也能抓住诗性智慧的那束明光。难怪连我这个对诗歌不感兴趣的人,在复旦生活的时间长了,也会不自觉地爱上诗词歌赋。这些玩诗弄兴的复旦人,正是复旦文化的体验者。

🌸 精神体验

来复旦求学，就是为了完成一次难得的精神体验，而不是追求所谓的物质享受。

世界一流大学终究要看底蕴和声誉。建成世界一流大学，当然是复旦人孜孜以求的目标。这就要破除功利性的追求，因为口碑和积累更多的是一种精神文化传承，而非干巴巴的指标。

感受复旦的精神文化传承，是成为复旦人的前提。了解复旦的历史，聆听复旦的故事，融入复旦的生活，与复旦一起成长，就能在求知的过程中获得书本之外的感悟，还能通过做一些事情留下自己的收获。

我就是怀着这样一种精神向往来到了复旦。还没有摸清这里的情况时，我暗地里和自己较劲，害怕达不到这里的要求，有辱她的名声。我不停地读书，总觉得自己积累得不够。与这里的学生交流之后，还是发现自己只局限在狭小的阅读圈子里。大家谈论的话题不仅局限在专业领域，还有对其他专业的触类旁通，更有对人类发展的反思、对国家担当的思考、对民族命运的讨论、对做人求学的表达……

这就让我觉得,复旦人的脑袋里装的不是对金钱的迷恋、对房子的渴望、对物质的追求。这并不是说,他们不关心这些东西,而是懂得要把精力和时间用在"形而上"的成长,才能为以后"形而下"的改变和塑造铺垫一些东西。这是很高远的见识和行动。

我是来到复旦,才意识到追求"形而上"的重要性。

这是一种自觉的精神体验。

很多人常拿"无用"奚落满嘴都是"形而上"的人,将其嘲讽为"书呆子"。我却很不以为然。因为我知道,那是这些人不懂何为"形而上"。在他们眼里,重要的不是原因,而是结果。"形而上"教人发现"为什么"的原因,而这些人只看重最终能"成为什么"的结果。他们对中间的过程没有什么兴趣。这就是功利主义教育在大学盛行的原因。

复旦也在承受功利实用观念的冲击,可她有自己的价值底蕴。这里口口相传的一句话是,复旦要培养"自由而无用的灵魂"。无论从教学科研运作,还是人才培养和服务社会,我都切身感受着什么才是"自由",如何来体现"无用"。"自由"就是让我获得充分的精神体验,用"形而上"的追求反抗社会强加于我的功利主义。"无用"就是不功利实用地把复旦当成追名逐利的手段,而是为她的发展欣喜和欢呼,为她的不足忧心和呐喊,把对她的爱根植在内心深处。

这是我从精神的角度对复旦生活的一种感悟。我时常在想,一个人的成长主要不是他身体方面的自然成长,也不是他社会方面的世俗成长,而是他精神方面的灵魂成长。复旦是一所有灵魂的大学,培养出来的学生也要具有复旦的灵魂才算成功。

有一位 1987 年入校的复旦前辈写了《在复旦感受文化》一文,其中写道:"我觉得复旦毕业的学生有很鲜明的个性,让人一看就知道是复旦出来的。尤其是某类学生某类人最能够集中体现复旦的气质,无论是举止、谈吐、打扮都能体现典型的复旦感觉,一种轻快而聪慧的感觉。""我觉得那种体悟能力、理解能力正是复旦非常典型的特征。"

这位复旦人的真情流露,也是我对复旦学生的真实感受。我在审读一本书的过程中,结识了一位已经毕业的复旦本科生。他自主创业,开办了一家传播中国非物质文化遗产的公司,恰好与这本书的内容有关。当我与他讨论书中内容的优劣时,他很快就能意会我的表达。而我在他这个年龄和学历层次时,远不具备这样的领悟和理解能力,更无法准确表达自己的人生感悟。他不但很有"境界"地热衷中华传统文化,而且把复旦人的精神活力展现得恰到好处。他身上涌动的精神气息正与之前那位复旦前辈所描述的那样贴切和吻合,不由让我感慨:复旦真是一所能传承自我底蕴和精神文化的星空学府。

探索园地

复旦拉开我探索人生的序幕，我开始寻找安放心灵的生活。这里有我想过的理想生活。保持我的理想，就是在追求我想要的理想生活。

我想在复旦教书育人，还想通过阅读和写作提升自己。在工作之余，培养一点兴趣爱好，为自己保持一个相对独立的精神领域。复旦容许我为实现自己的理想而开辟各种园地。

在高校，从事教学研究是本职工作，生活当中"舞文弄墨"，本也无可厚非，可想要把握好工作与生活之间的度，还是需要下一番功夫。我自知，在研究方面缺少必要的才能和训练，大半也达不到一定的高度，所以就不得不在寻找特色方面费一些心思。我想通过写作记录我的复旦生活。这既是一种业余消遣，也是一种达情表意，更是一种生活探索。

我从未想过这些感想在别人眼中的样子，我只想把它当成我与复旦之间的某种联系。在情感上，我需要与复旦接轨。我一直在寻找人生的出路，我的求学历程就是我寻路的过程。当我发现，这条路的前方就是复旦时，我终于找到了安放人生的场域。但我知道,平庸之人不会有太大作为。我只想表现自己的平庸。如果这种平庸的表现会对社会有益,不会为复旦抹黑,也不会抹杀自己,那我很想得到复旦的认可。

我的写作非常浅陋,尤其是写自己的复旦生活感悟时,更是如此。可我就是想把这些日常的点滴记录下来,和大家分享。因为这就是我对复旦的一种感受。我只能以我的平庸爱复旦。但复旦没有抛弃我,反而一直鼓励我寻找理想的自己。我时常在文学幻想中寻求安慰,在文字记录中抚平内心的伤痛。这就是我的真实心境。幸运的是,在复旦我并未因此而受到任何不务正业的指摘,更没有受到盛气凌人的批评。我不仅可以用我平庸的文字表达对复旦的爱,更可以用我平庸的生活探索人生的意义。复旦允许我用真实的表现活出真实的我。

尤其是正处于人生十字路口的阶段,我更需要通过一种途径证明自己。复旦给我提供了一个人生的舞台,使我多年挣扎求学的旅途终于有了一个好的结果。我并不是特别在意结果的人,但总想对自己的求学之路有个交代。外面的世界太喧嚣,我只迷恋象牙塔里的安宁。我也只想在这份安宁中安放心灵,更愿意将此生的探索定格于对象牙塔的构建之中。这是我的人生理想。

复旦是万里挑一的象牙塔。我不愿在这里,活成千篇一律的皮囊。我的人生本来就不完美,更需要努力探索想象中的自己。正如我把自己的复旦生活想成怎样,就想怎样呈现出来一样,今后的我如何继续探索生活,就希望生活如何呈现。这是复旦最让我感动的地方。她从未轻易否定过我的理想,而是让我按照所思所想去探索生活。这样的生活才是自己的。

🌸 十年结缘

2007年的9月，我只身一人来上海求学。父亲把我送到三门峡火车站就折返回去了。我买到的是无座的站票，双手各拎着一个大皮箱和一个大袋子，汗流浃背地挤上了火车。抬头一瞧，车厢里满是人头；低头一看，除了人脚和行李，再无其他"容身之地"。白天站上几个小时，倒也还好忍受。就是到了晚上想要睡觉，才发现不管别人怎样折腾，你都能站着睡着……

我就这样蓬头垢面地来到了大上海。在老家，上海就是先进（现代化）的代名词。我家里的"老三件"都是上海牌，这是母亲经常引以为豪的事情。大弟当时在无锡打零工，也来上海找我玩。我就带着他瞎混于各大高校之间。复旦的光华楼刚刚开始使用，恰逢假期，空空荡荡的。电梯一直把我们送到最高层，异常兴奋的心情溢于言表。这是我们到过的最高的地方了。大弟就问我："什么时候你也能来这里上学呀？"我沉默不语。

我不仅对上海陌生，更对眼前的复旦大学一无所知。我能考上上海大学，已经觉得很知足了。想要高攀复旦，我自知我的学术能力不够。之后的数年求学，我曾听人讲述复旦的故事，更多次来这里参加学术会议。在我眼里，复旦就是光环。复旦的师生因有这顶光环而格外让人羡慕。我也萌生了来这里求学的愿望。博士毕业时，我找工作还算顺利。但当我的博导鼎力推荐我来复旦做博士后研究时，我决然地响应了他的要求。

我开始熟悉那个曾经陌生的复旦。伴随着这个过程，我也由那个自卑的我走向了自信的我。我在熟悉复旦校园生活的同时，感受着复旦人的思考和进步。我需要学习的地方太多了。他们不仅学业出众，还热爱生活。跟着一帮研究生玩耍，我迷上了打乒乓球和羽毛球。跟着一群本科生学习（蹭课），大学的三尺讲台拉开了我执教的序幕。虽然我不懂的东西还有很多，这里的师生却点燃了我想要进步的热情。我不再因无知而自卑，而是自信地准备人生的才能。有谁一生下来就是"天之骄子"呢？我的努力和成长才是获得认可和欣赏的关键。

我在复旦校园里寻找认同，既通过完成学业成为复旦大家庭的一员，又通过感受复旦文化走进复旦人的精神世界，还通过复旦生活让自己成为地地道道的复旦人。许多人把认同当成一种外在的形式上的一致，而我则把认同理解为内在的独有的共鸣。我从来不认为与复旦建立一些形式上的联系，就能成为合格的复旦人。只有与复旦形成某种独特的内在的关系，能在这种关系中确证自己，让复旦成为自己的一部分，也将自己视为复旦的一部分，才是真正的复旦人。

我就是这样来理解自己与复旦的关系。当我在寻找自我认同的时候，其实我也是在认同复旦。我与复旦都经历了彼此之间从陌生到熟悉的过程。我在感受复旦精神文化的同时，也把自己的精神气质融入其中。我就是想要达到自己与复旦之间的相互认同……

　　两年光阴，寸寸尺璧。当我拿着复旦开给我的入职材料，到当地派出所办理相关手续时，他们说："你的身份证马上就要到期了，可以换一下了。"我这才发现，身份证上的有效期限是2007年到2017年，上面的住址还是上大的。从2007年来到上海，到2017年任职复旦，我用了十年的努力与复旦结缘。今后的新身份证将把我与复旦牢牢地拴在一起。我走到哪里，就把它带到哪里，还要在那里，让"复旦"两个字夺目生辉。这是十年之约的继续……

良晨可动

人们经常拿良辰吉日说"事"。我却认为,良"晨"最适宜做的事情就是运动。

对我而言,锻炼身体的"活",最适宜放在早晨。这个习惯还是在大学期间养成的。我们学校既规定要晨读,又规定要早练。早晨就成为比较忙碌的时间段。来到复旦之后才发现,这里的大一学生也要早上跑步。他们沿着相辉堂的小道跑来跑去,成为我晨跑路线当中的一道风景。

复旦的晨读区域紧邻这条晨跑路线,而它的"邻居"正是赫赫有名的复旦大学第一教学楼。我来复旦之前,它就在重新整修。很多人都没有见过它"工作"的样子。进哥给我讲了许多关于它的故事。他读本科的时候在这里上过课。他说,这是复旦历史最为悠久的建筑物。当这一片还满是荒芜的时候,第一教学楼就开始使用了。这么有历史感的百年教育场所,算是重量级的文物了。怪不得学校要让它好好"休养"一下。这是它应得的待遇。

经过行政综合楼,继续往前跑就是曦园,也是读书练嗓子的好地方。园中的四个篆书字"书声琅琅",表明这里也是复旦学子经常读书的一隅。"八九点钟的太阳"在曦园迎着朝阳晨读,正是一幅充满生机活力的动人画卷。

或者可以从理科图书馆,经过"校训",跑到光华大道。高大的梧桐用繁茂的枝叶列队欢迎人们的到来。这不仅是在享受满眼的绿荫,还足以消散生活当中的烦忧。

经过伟岸的光华楼,就会发现,这里是一个交流的绝佳之地。有打太极的、晨跑的、漫步的、学习的、休息的。复旦的师生和周围的居民都喜欢这里。它的另一个名字叫"双子楼"。东西塔楼高达142米,成为中国高校第一楼。通过第15层的透明球体("星空咖啡厅")相连,寓意"双峰日出"。我每次跑到这里,复旦地标都会给我人文胜景和自然景观交相辉映的感觉。所以我总是绕着它跑一圈,沾点它的文化气息。

光华楼的北侧是"本北高速",也是在校生的跑步专用道。不管是早晨、下午,还是晚上,都有志同道合的"跑跑"。虽然彼此并不认识,却有一样的锻炼意识,这在无形中增加了一份亲切感。而且你会发现,同样的时间总能遇上同样的人,大家的生活都很规律。从这一细节也可以看出复旦人强大的自律性。

跑回北苑的学生公寓,直奔有运动器械的体育馆。跑步是有氧运动,再配合着无氧运动来做,效果就更好了。让我感动的是,复旦的体育设施都是免费使用的。我这才敢进来接触一下新鲜事物。这下大开眼界了!原来运动也重视科学。身材该怎样炼,还是很有讲究的。我以前一直认为,跑跑步就算锻炼了,原来锻炼的方式可以如此丰富多彩。

我还在这里结识了许多热爱运动的小伙伴。"春天"为了让我学会打羽毛球,把她的打球的诀窍教给我,供我练习。"夏天"经常以一敌二,一个女汉子对阵两个人,轻轻松松让我们败服。"秋天"也是打球高手,我们这些大老爷们的尊严,全都指望他了。他们不来的日子,就是我的"冬天"。一个人伸伸懒腰、踢踢腿、扭扭屁股、晃晃头,也自得其乐。

早上若有事不能锻炼身体,我就会晚上补上。隔壁"宫殿"的弓长兄是我乒乓球的"特聘教练"。从对这个小球一无所知,到随意拿捏,再到恋恋不舍,我竟然完全沉浸其中。这也说明,在这个运动项目上,他成功地"引诱"了我。只要他在复旦,每天晚上8点多就是训练我打乒乓球的时间。

在复旦生活,可以用"快乐运动,开心你我"来形容此间的收获。这些运动达人会让我不由自主地爱上运动。我不只是想要成为一个学会学习的人,而且还是一个想要学会运动的人。这些运动既让我朝气阳光,又能为校园增添活力。我也可以成为形塑复旦校园生活和文化的主角。我身边的复旦人又何尝不是呢?

本家阿姐

日子总是平淡无奇地过,却又总会在不经意间给人意想不到的惊喜。在复旦博士后苏州考察一行中认识了本家阿姐。这可能是那次考察最大的收获。

阿姐为人低调,之后的数月未曾谋面。忙碌中也有感动,我和阿姐竟又在不同场合交流了数次。在我的脑海里这才树立了阿姐的立体形象。

阿姐是一个勇于承担重任的有心人。博士后的科研压力之大,就连我们这些男博士都焦头烂额,可想而知,她们的内心更会如坐针毡。此时,我还不太清楚阿姐的科研情况,只知道她的屁股后面跟着个小孩,形影不离。

为了能让小孩接受良好的教育,阿姐就是再忙再累,也会把他管好。她的家人在千里之外的原单位上班,双方父母来到上海也没有地方可住。她就一个人边搞科研边带小孩。在繁重的科研压力和生活面前,她有一种泰山压顶不弯腰的气势。我感觉到,一个瘦弱女子肩上也能承受千斤重担。她真是很了不起的一个人。

我是一个人吃饱全家不饿的类型。我除了吃饭和睡觉,就整天忙碌在科研上面,实在无法想象身边有一个小孩会是什么样的情况。阿姐就不同,她可以自如地协调工作和生活之间的关系。可以想象,她要比我们这些人多付出多少倍的努力,才能平衡好这一切。

让我深感敬佩的是,她远比我能想象到的状态还要好。她的小孩很快就适应了全新的生活。而她更是一颗璀璨的学术明星,在复旦的博士后圈子里异常闪亮。她不仅一口气拿下了国家哲学社会科学项目和中国博士后科学基金,还连续发表了数篇CSSCI来源期刊文章。仅就她发表的CSSCI刊物质量就要高过我,其他的就不用多说了。

在一次交流中,阿姐说自己曾走过许多弯路。她来复旦做博士后也是为了改变自己不利的生存处境。她来了以后,和我一样,有一种如鱼得水的感觉。我们在这一点上很有共鸣。

在全新的工作环境里,能做出得到认可的成绩,即使累一点也很值得。阿姐跟我说,她特别喜欢复旦的自由氛围。这里有着浓厚的人文气息,生命的尊严在这里能得到重视,人生的价值在这里能得到实现。她用质朴的语言表达了我对复旦的真实感受。我又何尝不是如此这般地感受着这里的一切……

然而时光依然匆匆忙忙,不肯为任何人慢上半拍。我们忙碌在各自的工作中,全然淡忘了即将到来的出站时刻。阿姐多次关心过我的工作事宜,而我总是言辞闪烁。不是我不想回答她,而是我的内心没有谱。我只愿过好当下的一切,不想提及感伤的季节。即使总要到来,也请让我先完成好现在的本职工作。

阿姐内心也向往高平台,可残酷的现实又肯为谁同情半分?四处奔波,在所难免。只要我们最终都有个好的归宿，没有枉费复旦这两年的辛苦栽培就行。

我和阿姐只是中国的千千万万的博士后之中的一粟一粒。在我们这个群体里，为了改变自己和家人命运而做博士后的大有人在。求学到此，已不是三十而立的问题了。我们都把最美好的青春年华献给了心中的理想，难道仅仅是为了社会上的一足之地而忙碌奔波吗？

不管生活如何艰难，阿姐始终坚守学术阵地，坚持仰望星空，坚定人生理想。她活出了我们这群人中最真的生命本色。当我在物欲横流的喧闹中迷茫时，阿姐就是我心中的"密涅瓦的猫头鹰"。她引领我从"黄昏"起飞，寻找希望的所在。我一直是这样想的，可我没有她做的好。我应向她学习，把这种独立思考、持之以恒、勇于担当贯穿到我的人生当中。

感谢阿姐！在我人生最想洞见一些澄明之光时，走进了我的生活。她让我感受到了生活中的点滴温暖，还引导我看清了一些东西，避免走一些人生弯路。

祝福阿姐！愿她这段求学经历结束后，能开启更加辉煌灿烂的人生。

学艺乒乓

常听人说一句话："人过三十不学艺"，意思是说，过了三十再学艺恐怕事倍功半，甚至可能一事无成。

我在博士后生涯结束后，才开始真正接触乒乓球。此时的我已经三十有三，当上了老师，还整天混迹于学生堆里——求学打乒乓球，是不是有点厚脸皮的嫌疑。

当我想要打好乒乓球而不是随便玩玩的时候，我就能感受到生命当中另一种独特的运动体验。我的运动生命伴随着对乒乓球的撞击开始了。

这要感谢我的博士后邻居"弓长"兄。隔壁"宫殿"确实有"稀世珍宝"，而我相中的是"宫殿"主人"弓长"兄的乒乓球技艺。对我而言，他已经是专业高手了，当我的师父绝对绰绰有余。

不会打球的人，都是直板握拍，毫无章法地让球"飘"来"飘"去。"弓长"师父很有耐心，从教我握拍开始，让我感受球拍与来球撞击的感觉。由于握拍动作不规范，我打出去的球很不规律，到处乱窜。我用力也不均匀，时而球速很快,直接打到师父身上;时而打得无力,都过不去球网。师父本来是教我打球的,结果成了给我捡球的。

幸运的是,我遇到了好师父。即使我是零起点的学生,"弓长"兄也很有耐心。他教我用长柄横板握拍。我的身体就像是立在乒乓球馆的一根僵硬的柱子。他给我演示用腰部带动上身发力的动作,让我一遍遍地练习。紧张的我做出来的动作一点都不灵活,打出去的球自然就落不到一个点上。他用打定点球的方法训练我的正手打法,我对球的感觉就和以前完全不一样了。

可惜的是,当我刚开始有突飞猛进的感觉时,他就出站了。他把随身携带的乒乓球单肩包赠送给我,让我好好练习。我当然不能半途而废了,可是我才刚开始入门,还只会打正手球。这不就是打法上的只通半边吗?

幸运再次降临到我的头上。很快,我就遇到了第二位乒乓球师父"秋天"。这位师父是复旦的博士生,典型的运动型男,擅长羽毛球和跳绳,精通乒乓球。在晨练的过程中,我发现他是全能型"运动员",就主动和他搭讪,让他教我打球。想不到,他很爽快地答应了,还教得很系统、很认真。我不由得很是感慨:复旦的学生蛮"好为人师"的,我这个老师也要"好为人'生'"呀。

"秋天"师父是专业型的打法。他告诉我,由于我从来没有学过打乒乓球,所以要先练动作。只有等动作正确了、标准了、练熟了,才能上桌打球。

我瞬间凌乱了! 两位师父教我的东西好像不太一样。"弓长"师父教我打球的要领是,熟悉球的感觉和套路;而"秋天"师父教我打球的要领是,用正确的动作打出标准的球。所以前者着重培养了我不怕球、敢打球的感觉,而后者着重培养了我打球的正确姿势、动作和要领。

"秋天"师父不仅教我正手和反手撞球的要领,还让我徒手练习并步、跨步、跳步和交叉步等基本动作。除了实践上的打球训练,他还给我推荐了网络乒乓基础课,让我"课余"时间及时"充电"。

当我的训练达到了一定程度,对打球建立了亲切的感觉,"秋天"师父就亲自给我选了一款乒乓球拍。球拍的底板是王励勤曾使用过的一款,胶皮和护边带也是"全明星"阵容。他还帮我粘贴好。我人生中价格不菲的第一件运动"神器"就这样"出世"了。如果练不好乒乓球,真的会有愧于我的专业拍子。

我也有训练的瓶颈期。光看视频,理论水平倒是不"低",就是不得要领,不能正确地实践操作,还必须有师父手把手地教,才可能会有所进步。师父不在的时候,我跟没有经过训练的人打球,心里总不是滋味。这些爱好者的脑海里根本没有好球的正确概念,都是由着自己的性子乱打一气,当然也就不会有任何提高了。这真是"秀才遇到兵",我这个半吊子怎么可能自如应对。这时就显示出师父的重要性了。

我还想跟专业的人蹭一下。可惜他们都是成群结队地过来训练,轻易不跟我们这些初学者打球的。我知道,他们不是不愿意,而是没办法跟我们打球。不在同一个调子上的人怎么可能在短时间内形成共鸣呢。除非是高手很不舒服地跟你玩,迁就你,只能如此。这样看来,两位师父还是对我很有耐心的。他们无数次地陪我玩,逐渐提高我的球艺水平。这就让我很是感动。

绝世球艺也不是一天就能练成的。我毕竟才刚刚开始。我想,热情最为重要。只要我有对乒乓球的热情,总会在练习中有所长进的。

在复旦的乒乓球馆,学校给来的人提供了乒乓球和拍子,给初学者提供了一个免费学习的理想平台。我在这里爱上了打乒乓球,这也算是我在复旦意想不到的收获吧。

🌸 心通明镜

对于求学的人而言,个中得失,内心自有明鉴。求学是为了内心的通达。内心没有一面明镜,何以照出漫长求学的出头之路。我是一个长期浸淫在求学路上的人。我心中的这面求学之境,虽说混沌不堪,却并不走样,照出了我至今的人生模样。

在中国,绝大多数人的求学之路,都是通过老师的肯定来照亮的。而老师无非通过成绩的好坏来照出学生努力的程度。这面镜子握在老师手里,学生要依赖老师的"明鉴"来获得自我的认可。

我从高中开始,才逐渐感受到老师的明鉴。这是因为我虽愚钝,成绩很差,却不忘努力。老师们知道我学不懂,便不断给我"开小灶"。当我拿到高考录取通知书时,老师们都为我感到高兴。我从学业上的一无所知,到没有名落孙山,绝不仅取决于我个人的努力,更有老师们对我的不放弃。从这个时候开始,我就意识到,老师们心有明镜,真乃学生之福。我的人生,全因这么多明镜的照亮,才能汇聚成一个前进的方向。

到了大学阶段,我就意识到独立自主地学习的重要性。老师们大都通情达理,但我想要有所收获,还要亲自摸索。这就要求,我不能再拿老师这面镜子来套自己,而是自己心中要有一面镜子。我一直以为,大学教育不全在于学习知识,更在于找到一辈子可以当成兴趣的爱好。这个爱好就是漫长人生路的灯塔,不会让人迷失在茫茫然的社会当中。我人生的许多爱好就是在大学期间培养的。读书写作、各类运动、参与公益、娱乐休闲,都是我心中的镜子照出的大学生活。

来到复旦,我对心中明镜的认识更有切身的感触。在大学获取人生的本领,不仅要善于辨别老师们心中的明镜,而且自己心中也要有一面明镜,更要使自己的内心通往所向的那面明镜。问题的关键是,自己心中的镜子是否明亮,恐怕不能让自己说了算。尤其是在复旦这样的平台上,我不敢说我的内心能够通达明镜。但我感觉这里的师生都很友好,他们能包容我这个有点"怪"的人,不能不说这反映了他们内心的通达。我反而更加有压力了。

正是因为这里的师生不仅文化水平高,而且综合素养也不低,我就更要在学业和修身上下点功夫了。我的内心是有一面镜子的,但是否会一直通向豁达和明亮就不好说了。在复旦求学的日子,我用内心焦虑又快乐、苦闷又欣喜的复杂情绪来磨炼自己的心境。当我用心镜映现出我求学的归途,获得包括导师在内的些许默认时,无言的辛酸和告慰只有我自己知道。在复旦求学的日子里,我的"心镜"照出了我的新生,照亮了我的人生。

人生的明镜,远看别人的异常客观,能看出其中的得失;近看自己的则不见得,真能自省的实属不易。人人内心都有一面有些复杂、有些矛盾的镜子。

　　所以今后在复旦当老师,我要把"心镜"的历程讲给学生听。我希望他们不仅能够读懂老师们心中的镜子,还能在自己的心中拥有一面明镜,更希望他们能时时拂拭自己心中的镜子,让它越来越通达、明亮。

叶家花园

　　我的办公室在复旦光华楼朝北方位,透过窗户可以看到政民路以北鳞次栉比的建筑物。在人为的星罗棋布当中,有一片郁郁葱葱格外生机盎然,不由让人心向往之。这就是久负盛名的上海私家园林——叶家花园。

　　我刚来复旦之时,就注意到了这片园林。在车水马龙的喧嚣之地,一片绿色骄傲地"宣示"着它的地盘,似乎是向世人表达它的与众不同。它与周围的闹市是如此地"格格不入",让人惊叹它莫非是为了"什么"而专门地存在于此。

　　我暗自以为,复旦是五角场的花园,可以用精神的熏染冲刷这里横流的物欲。每当我心烦意乱的时候,就会在宁静的校园散心。我静静地感受着与花花草草的邂逅。这种不经意间往往最为美妙。叶家花园可以说是复旦的"后花园"。虽与复旦仅隔一条马路,比邻而居,却有许多学子不知道它的存在。在它绿色魅力的"诱惑"下,我决心去看个究竟。

　　这一看,就彻底被它幽静、古朴、雅致的底蕴所折服。这不仅体现在花园的设计方面,让人从"卧龙岗"和"伏虎岭"遐想它的主人——叶澄衷的大气魄,从"集霭渚"和"潜龙池"遥想叶澄衷及其后代叶贻铨的才思风神;更体现在它在建造之初就被定位为服务于公益慈善疗养院。叶贻铨早年币从当时的国立上海医学院的院长颜福庆。他们在一次交谈中,颜向叶谈及医学院亟须筹建一所专门医治肺结核病人的医院。叶闻后深为感动,加之他长期热心教育,于是慷慨地将此园捐赠给国立上海医学院建立实习医院。坐落于叶家花园内的"澄衷肺病疗养院",就是这样诞生的。该疗养院即为今天的上海市肺科医院的前身,当时苦苦坚持三十多年为贫民义诊。这一善举轰动了上海滩,获得了教育部的褒扬。

叶家花园吸引我的地方,不只是它的百年风韵,更有它的感人故事。叶澄衷本是一外地农家子弟,8岁时父亲病故,被逼到上海闯荡谋生。据专,他22岁时,曾载着英商过江,事后发现其遗落的皮包装有大量的外币和票证,乃坐候英商来取,并拒绝酬谢。英商受他感动,介绍他学做五金生意,并借款给他。有了人生的第一桶金,加之勤奋和诚信经营,他很快就成为上海当时的华商首富。叶澄衷发家致富后,不是为富不仁,而是回报社会,不又创办崇义会、广益堂等沪上扶贫机构,而且捐资助学,创办"澄衷蒙学堂"。这正是"兴天下之利,莫大于兴学"的典型写照。

每次有师友来复旦游玩和交流,我都会带他们到叶家花园散步聊天。我会给他们讲一讲这里的故事。那个时候的有志之士都有强烈的家国情怀和社会责任感。叶澄衷通过经商回报社会,复旦的创始人马相伯则通过教育启蒙国人。他于1905年筹建了复旦公学。"复旦"二字选自《尚书大传·虞夏传》中"日月光华,旦复旦兮"的佳句,寓意当时的知识分子自强不息、自主办学、教育救国的理想。复旦大学就成为中国人自主创办的第一所高等院校。从复旦大学和澄衷疗养院、蒙学堂的诞生，都可以看出，近代中国仁人志士忧国忧民的情操和救亡图存的奋斗精神。这种爱国情怀和自强自立，无不告诫今天的人们，忙碌的生活不止眼前的名和利，还有身处的国家和心中的理想。

复旦大学不仅仅是一所学校，叶家花园也不仅仅是一座花园。对我而言，它们都是一段历史的见证、一种文化的表达、一个难得的场域、一次精神的体验。当年的马相伯、叶澄衷等人，或倾囊办学（创建复旦公学），或捐资助学（筹建国立上海医学院的实习医院），都值得复旦人铭记。不管是复旦公学日后更名为复旦大学，还是国立上海医学院日后更名为上海医科大学，又与复旦大学合并，都已成为复旦大学的重要历史渊源。

🌺 接受平凡

在复旦，想要接受自己是一个平凡人，比较有难度。"复旦本科"是一流品牌，培养的是全国各地在高考中走在最前列的学生。他们是我眼中的天之骄子，有些骄傲的资本也理所当然。然而成绩优异并不等于个人优秀，一个阶段的奋斗也无法替代整个人生的过程。不管是在这里求学，还是工作，成为复旦人的第一步是要接受自己的平凡。

中国教育的现状是，家长不愿让孩子输在起跑线上。孩子从小到大，除了要在学校出类拔萃，还要琴棋书画样样精通。不管孩子喜欢与否，家长先给报上班再说。我有时候很羡慕这样的孩子，这正是我成长阶段所欠缺的过程。可是我也很同情他们，到底有多少孩子最终能坚持下来，需要打个问号。我一直以为，人生的爱好需要自己去寻找和感悟，并非外界强加就能持之以恒。一个孩子占有无可比拟的丰富资源并获得成功，并不能将之作为效仿的榜样，因为这样的案例不具有可推广性。反而许多孩子因为资源的丰富，无形中滋生了膨胀的内心，满身都是"贵族气"的高冷。

其实，即便是伟人，他首先也是一个平凡的人，要切身体验平凡人的痛苦与快乐。而那些还没有做出伟大事情的人，先有了一颗"伟大"的骄傲之心，那到底还需不需要认真做好每件小事？"好高骛远"似乎成了一些人的通病。他们对待成功趋之若鹜，但只能自说自话。因为他们没有脚踏实地，从心眼里想要"伟大"，最终只能活得平庸无色。他们在发表见解的时候头头是"道"，但行动起来却一团乱麻，不要说能创造出什么有价值的东西，就连自己认为有意义的东西，恐怕也要质疑一下。反而是那些放低自己、任劳任怨的人，更容易获得认可。伟大来自平凡，这是上帝为逗人类发笑而开的一个了不起的玩笑。

从伟大走向平凡，既不是走向自负，也不是走向自卑。有许多学生来复旦之前，是成长环境中的佼佼者；来复旦以后，发现自己只是很普通的一名学生。尤其是那些从"小地方"考入复旦的学生，并不占有综合竞争优势，在心理上会有落差。这是正常现象。每个人的成长环境都有局限性。最重要的不是你什么都懂、都会，而是你要找到自己的人生志向，用一辈子的努力去做好。那种什么都"会"的人，其实什么也不会。想要各方面都顺心如意，那是"青蛙王子"想吃天鹅肉，想得倒挺美。关键是要时常扪心自问，自己有没有用心付出。

作为一名教师，既要接受自己的平凡，又要让学生进入大学后接受自己的平凡。进入复旦是对自己以前努力的充分肯定。接下来，你想要成为什么样的复旦人，既取决于复旦对你的熏陶，更取决于你如何掌握自己的未来。在复旦大学《2020一流本科教育提升行动计划》中，培养"掌握未来的复旦人"是一流目标。这里的"掌握未来"首先是掌握自己的未来，其次才是掌握国家和民族的未来。"掌握未来"看似与"伟大"相联系，其实不然，它与"平凡"联系得更加紧密。大多数人就是在平凡的求学和工作中度过一生。有许多人还做出了公认的伟大事情。你要问他们,是否在这样的生命中欠缺什么东西。他们会告诉你,这样的生活是最有意义的。如果让他们重新来一次,他们还是会这样选择。因为他们在别人眼中的"平凡"里活出了自己的"伟大"。复旦人也是如此,一方面,要在平凡中活出既不是自负也不是自卑的意义;另一方面,要在平凡中活出自己的价值,做出自己的东西,掌握自己的未来。

　　平凡是一种奇妙的存在。它既能把人拉低到平庸的层次,也能把人提升到伟大的境界。你怎样接受平凡,就会怎样掌握未来。在复旦成长,我会勇敢接受自己的平凡。在平凡的生活中,实现自己的追求。那你呢?

良师益友

　　刚来复旦的时候,我内心就憋着一股子劲,要想在这里有所"作"、有所"为"。为此,我日夜焦虑,该如何来证明自己呢? 我想,把本职工作做好,就是对导师和学校最好的回报。

　　幸运的是,我遇到了生命中的良师,他给我提供了宽松的科研氛围。老师没有给我指定任何命题作业,而是让我自己选定感兴趣的研究主题。遇到不懂不会的地方,我向他请教,总能很快得到专业指导。因而我在短时间内就连续写出一些文章和他探讨,主要是看作为整个研究的一个开端是否具有可行性。老师在充分肯定的前提下,提了不少建设性意见。我顿时自信心大增,想要投稿。跃跃欲试的我,在漫长的投稿、等待、拒稿、修改、重投、录用、刊发的过程中,逐渐感受到了做学问的不容易。同时,也真要感谢老师能这样耐心地等待我的学术成长。

　　事后,我才意识到,老师对我的宽容正是复旦自由灵魂的鲜活体现和真实验证。假如我一直发不了文章,拿不到课题,达不到科研的要求,他肯定会比我更加着急。然而他先给予我充分的信任,在我还没有东西可以证明自己的时候,不断唤醒我身上的科研潜力,帮助我找到实现突破的那个点,让我能顺利做好注定要完成的那些事情。

我是一个自由随性的人。学院给我提供了办公场所,而我却喜欢在寝室办公。老师就是想找我干点活,也苦于人不在身边。每次去学院,我都穿着旦旦服,以至于这一着装成了我张扬个性的体现。其实完全不是这样。身处复旦校园,宽松的旦旦服,让我有一种轻松惬意的感觉。尤其是老师也可以和学生一样,穿上旦旦服,不正是一种平等、自由的表达吗?这正是我的导师给我的一种真实感受。在工作上,我们之间是平等、自由、合作的关系。他指导我的学业,而我要做的事情就是充分利用这一难得的平台,尽己所能地让"小宇宙"大爆发,不断展现一个自信、发展、全面的我。

良师也是益友。在我急切地想要实现转型的时候,导师给予我充分的信任和关怀,使我能勇于面对袭上心头的阵阵挫败感和恐惧感。科研人员要承受很大的考核压力。完不成项目,发不了文章,达不到评价要求,都会影响到今后的发展。在科研能力遇到瓶颈的时候,在认识水平需要提升的时候,老师的打气、点拨,能让我全身心地投入到研究当中,效果立马就显现出来了。期待能发到核心期刊上面的文章陆续发表了,盼望已久的课题资助也接连拿到了。我也惊喜地发现,因紧张焦虑而掉头发的现象没有了。

在老师的帮助下,那段难熬的日子总算过去了。

老师既是我在科研上的引路人,更是我生活中的贵人。他知道我经济压力很大,千方百计帮助我渡过各种难关。每次接到"任务",我总是诚惶诚恐,想要尽心竭力地完成。无奈的是我能力有限,最后完成的结果就不得而知了。在这个过程中,最难忘的是,我结交了许多朋友。从不熟悉到一起共事，从讨论问题再到漫聊生活、人生、志趣、见闻，总能在打发时光中收获良多。

自己当上老师后，对这份恩情就更有切身感悟了。面对学生的诸多问题，我总想尽量回答，以回应他们的渴求。正如我有求于老师时，他伸出了援助之手，拉了我许多次，改变了我的命运。要说这是知遇之恩，也难以言尽我对老师的感激之情。要说这是贵人相助，也难以尽述老师对我的提携帮扶。汪曾祺有一篇题为《多年父子成兄弟》的散文，讲述了自己和父亲、儿子之间的那种平等、自由和温馨的关系。借用这个表达，我想说，老师与我也是良师益友，或者说亦师亦友的关系。我能与复旦结缘，与老师从师生到同事，就是老师不断熏陶和厚爱的结果。

可是，我时常在内心自责。我在很多方面犯过无知的错误，老师从来没有指责过我。但我内心非常清楚，虽说老师允许学生犯错，试错是成长的必经环节，而我却是个较真的人，一直放不下心里的包袱。不管怎样，老师都对此宽宏大量，这让我对老师更加钦佩。我还是个初学者，远没有他的胸襟气度，所以我还得继续认真做好老师的学生。

新伙伴

复旦之光

　　跟复旦本科生打交道,既有趣又有乐。这就是复旦的光芒照亮心田的感觉。

　　来复旦之前,我也有过许多经历,还在一所大学当过两年辅导员,糊里糊涂地就这么活了过来。当时的我整天和学生在一起疯,差点把心中的考博梦都彻底忘了。按道理说,重新拾回老师的角色,即使不熟能生巧,也该似曾相识吧。可第一次站上复旦的讲台,紧张的心脏差点都跳了出来。如果被下面的学生发现了,岂不要在心里犯嘀咕,"这个老师好菜鸟呀",紧跟着跳起来,群起而攻之。可惜,我没有将这种紧张堂而皇之地表现出来,他们也没有在课堂上"逼宫"。一切似乎相安无事⋯⋯

　　开始正式进入个人秀的表演阶段。我四平八稳地端着"机关枪",把诸如子弹般的内容一个接一个抛出来,无情地向下面"扫射"。事先不准备点防弹衣穿在身上,能感受到我强大火药的魅力吗?！这个我不得而知⋯⋯

　　突然,一个学生朝我开了一"枪"。众目睽睽之下,她振振有词地发表了一个和我不一样的观点,企图与我分庭抗礼!这我岂能容忍?!听完她的陈述,我先对她的观点抽丝剥茧,分析她的论证逻辑,接着强调不同观点的不同侧重,然后一针见血地指出了她观点中的不足,最后回到我抛出观点的最初时刻,来一个黑格尔式"同一句格言"的经验之谈。为至如此,她才能若有所思。此时,全班同学一片沉默,静静地感受着被闪光灯聚焦的我们,似乎也达成了共识……

不知不觉,课程已经上了一半。学生由原来的陌生变得那样熟悉。可惜一走出教室,记忆就像被人抹去一样,下次见面还会感觉很新鲜。这话我怎么写得出来?!又如何说得出口?!可这就是事实。课堂之外,这种陌生感会在交流之中荡然无存。有时候想想,这种转变也挺快的。我说过在"翻转课堂"上展示会加一分的事情,学生们顿时兴致勃勃,大有霸占老师课堂、想把老师轰走的意味。于是有一天,忽然有学生问我,"做PRE(课堂现场展示)是不是加一分呀?"君子一言驷马难追,当然是!他就很期待地追问:"满分多少呀?""当然是一百分啦,难道会是十分吗?!"他瞬间崩溃了:"老师你太坏了!一度我以为满分十分,要不然加一分怎么说得出口"……

我瞬间也不知所措了。从小到大的考试,满分不都是一百分吗?难道还有过十分的情况?这又不是辩论赛,也不是唱歌比赛,更不是个人秀。接着,那位帅气的小伙又不甘心地问:"档期排到哪儿啦?我想做一个PRE。"这次轮到我呵呵了。难道您不嫌分数加得少吗?您辛辛苦苦准备了一阵子,只能加一分,不要多想哦。即便如此,帅小伙半哄半骗地和我聊着,想要一个确切做PRE的时间。期中季,大家都很忙。我也要假装心疼一下他,就此敲定他的真人秀(The Truman Show)……

在不同的时间给不同的班级上课,其乐无穷。PRE也不是只能个人来做,小伙伴们集体做PRE也一样有趣。本来我规定的时间是十五分钟,不能超时的。可到目前为止,一个班已经连续进行了三组,每次都超过半个小时。我一边饶有兴趣地听着,一边心急如焚地等待着。"俺还要完成本节课的教学任务呢,请您们高抬贵手赶紧结束吧。"虽然心里是这样想的,点评的时候还是激情澎湃,对展示的内容和形式、问题及解决方案给予充分的肯定。其中的一个小组是2男8女的搭配,主持人是男性,辩论队的正反方都是窈窕淑女,大有"女神来了"的架势。站在中间的那个男生貌似一跃成为史上最幸福组长!万万没有想到的是,在我已经丢失了半个多小时的时候,他竟然微微一笑说:"即使我们超时了,任老师也会宽容的。"瞬间,我觉得天旋地转……

学生的期中和期末都会涉及写论文,总要用到图书馆的电子资源。作为大一、大二学生的他们,都还不太会用各种数据库。我给他们推荐的书和论文,其实都能在这里免费下载到。不时有学生问:"为什么任老师那篇论文需要付费下载?!"当我发现提问的时候,整齐有序的回复已经列好队形,让人满心欢喜:"一定是写得太好了!""嗯,是这样的。"我一边在心里充分予以肯定,一边这样"欺骗"着自己……

生活就是这样。我愿意为我的学生疯,为我的学生狂。

他们就是我生活中的复旦之光。

我想对他们说,支撑我的正是大家!让我们一起度过既有意思又充满乐趣,既深刻又放松的复旦生活。

有为青年

在复旦生活,经常会觉得压力很大。身边优秀的人太多了,想要见"贤"思"齐",都感觉"力"不从"心"。党的十九大报告强调:"青年兴则国家兴,青年强则国家强。青年一代有理想、有本领、有担当,国家就有前途,民族就有希望。中国梦是历史的、现实的,也是未来的;是我们这一代的,更是青年一代的。中华民族伟大复兴的中国梦终将在一代代青年的接力奋斗中变为现实。全党要关心和爱护青年,为他们实现人生出彩搭建舞台。广大青年要坚定理想信念,志存高远,脚踏实地,勇做时代的弄潮儿,在实现中国梦的生动实践中放飞青春梦想,在为人民利益的不懈奋斗中书写人生华章!"假如我是这里所说的"青年",我怎么能够辜负这伟大的时代!

比起正青春年少的学生,我估计与"青年"搭不上边了。这正是让我万分痛苦的事情。当我正"青年"的时候,我在干什么?! 浑浑噩噩过日子,糊里糊涂忙生计,总是"竹篮打水一场空"。我一直就是这么无知无识,现在就会好一点了吗? 我看未必! 我是专门为学生传道授业解惑的。然而我既对自己的"道行"存有疑问,又对自己的"学识"存有担忧,更对自己的"存在"存有疑惑。在这样的挣扎中,我要么否定自己,要么否定别人……

生活貌似就是这样"恐怖"。当我想要有点儿追求的时候,才发现自己在光芒四射的学生面前简直不堪一击。还好他们经常用"可爱"两字鼓舞我,那我只能说"可爱您就多爱点"。学生的PRE都是精心准备的,不仅PPT精美漂亮,把我甩出十万八千里;而且呈现的内容系统深刻,让我感觉既难以把握,又难以指导。

学生们确实既年轻,又想有所作为。

学生们的PRE内容,上能至国家大事,下能达具体个案,真是让我大开眼界。关键是,他们熟练地运用所学知识,分析得头头是道。大学期间的我怎么当时就没有此种眼界呢?

我一边在讲台上自说自话,一边被学生的PRE鞭策着,尤其是当我讲的某个知识点,正好就是某位学生正在思考的内容,可谓是正中他的下怀。有时想一想,学生们有时候也蛮"坏"的,他们不时地通过这种方式逼我上进。

中国有句古话,"初生牛犊不怕虎"。学生们哪里是牛犊,简直就是老虎,还是一只只蓄势待发的猛虎。这提出来的问题,就像那老虎的吼声,虎虎生威啊!估计作为"老虎"的学生们看见与作为"猫咪"的我,除了年龄上有点"代沟",其余几乎一模一样,于是就敢跟我"叫板"。除了对我课堂上的内容紧抓不放,凡是有困惑的地方都想找我讨论。

一想到这里,我就有点飘飘然了。说点良心话,我除了本领不行,还是有点儿热情和耐心的。学生们看得起我,把我放在心里,我就是阿斗,也要自己主动入座。这就叫"请君入瓮"……

跟学生们在一起,我时刻感受着,什么是年轻,什么是有为。

虽然自己曾经年轻过，可往事不堪回首。

虽然自己从未有为过，却希望他们有为。

怀着这种希望，我会兢兢业业地工作。在相互交流和共同进步中，看着他们长成参天大树。

🌸 我要表白

复旦表白墙，让这个冬天不太冷——题记

复旦的"微生活"是一个复旦交友平台，"在这里，同学可以表白！——喜欢TA就在这里勇敢说出来吧！还可以倾诉心中的秘密和心事！——想说啥就说啥！"

我喜欢这个"复旦微生活"。它给学生们提供了一个表达情感的舞台，可以把想说但不好意思当面说的"悄悄话"，大胆地讲出来，让内心珍重的人有机会看到、听到。比如："我要表白×××，虽然我才认识你三个月，但是余生很想和你一起走！我会努力成为配得上你的人！"如果看到这句话，没有产生像被闪电击中的感觉，大概属于"杀手"一类的吧……

想当年，我上大学的时候，男女同学间的朦胧之爱，似有似无。两个人明明意趣相投，却总觉得被什么东西挡住了。那层透明的窗户纸怎么也捅不破，导致许多爱情最终变成了同窗情。人生总是充满着各种各样的遗憾。最大的憾事莫过于，在大学期间错过了美好的爱情，让人终身遗憾。

在表白墙里，可以看到"小姐姐，能叫你一声夫人，真的是世界上最幸福的事"；"小哥哥，你唱歌的样子真的好迷人！期待你的歌声"；"自从没了你，整个世界好像都与我无关了。这里，再没一个人让我心动，然后，心痛。祝远方的你幸福"；"知道你不算太喜欢我，但我还是喜欢你"……

这些真挚的情感，让人陶醉般地眩晕。

当你爱上一个人的时候，即使做出了傻事，也会觉得很幸福。当你受到伤害的时候，即使难以自控，也会潇洒地放手。表白墙里的同学们，你们知道吗？你们让我羡慕、嫉妒、"恨"！你们是生活的勇者，敢爱敢恨。相比之下，我倒显得有些像胆小的懦夫……

直到有一天，同学们又一次让我感受到了"卖火柴的小女孩一直想要的温暖"。"表白超级可爱的思修老师……！！！他有那么可爱、那么好！！下学期还想上老师的课啊！都想多修一学期思修啦！"有同学说这样的表白还不止一个。"表白思修老师……我们都爱您的课，爱您讲台上特别激情的讲演，还有偶尔逗人发乐的笑声……帅的不只是颜值和身材！帅的是个性！帅的是特质！帅的是人格！……""梦想可贵，感谢你给我追逐的勇气与希望……"

你们知道当幸福来敲门时，我是什么样的感受吗？

我不告诉你们，自己去体会吧。

同学们，我也想向大家表白：我曾是一个浪迹田野的农村娃，根本不懂学习的重要性，也不知道求学的意义。突然有一天，我觉得，"你总是这么优秀"，"我也想和你一样强"。老师们并没有因为我觉悟晚而抛弃我。尽管他们想带我一起飞，可是我连一根羽毛都没有，怎么飞？那我就跟着跑吧！跟着天上的大部队跑了两次中考和一次高考，才深刻意识到"落后就要挨打"

的滋味。

尤其是在跟着跑的过程中,还遭遇了家庭的变故。一只没有翅膀的笨小鸟,不仅自己要横冲直撞地往前赶,还要让家里的兄弟们跟着一起跑。身后的绝望一直盯着我们,随时都想把我们吞噬掉。我要是自暴自弃了,那还了得!首先对不住我那奋斗了一生的父亲,更对不起还想从我身上看到点滴希望的母亲和弟弟们。虽然我经常感觉走不下去了,却依然强打精神,努力地活着。

在本、硕、博的阶段,在求学的那些日子,"我不在三教,就在去三教的路上"。有时候确实会有这种感觉,"没有在深夜3109学习过的人,不足以谈人生"……

现在想来,我当时的心态就是:只要你"灭"不了我,我就是一只打不死的"小强"!

虽然我知道,我的挣扎都在低层次上,根本无法与大家同台竞技。我却热爱这份工作,真心实意地爱着你们。

同学们,我是知道你们爱我的,所以才说:"长得越帅,责任越重"。

同学们,我是知道你们爱我的,所以才说:"你这么帅,说什么都对"。

这些看似套路的话,对我而言,就是世界上最美的语言。要是收回的话,有人就要说:"你又撤回了什么见不得人的消息"了;说不定还有人要说"在复旦大学,你这个样子是要被开除的"……

所以我要把对大家的爱大声地说出来:莫愁前路无知己,今天我来表白你!

为何求学

在复旦求学,肯定压力会很大。你在以前的求学环境当中可能是佼佼者,能够很快脱颖而出。而在复旦,身边人都是全国各地的佼佼者。各路高手对决,不拿出你的看家本领,如何取胜?

那你的看家本领是什么? 这是个值得深思的问题。

有人认为,来到复旦,就是为了享受一个求学的过程。至于求学的结果,没有这个过程重要,于是就把这个过程理解为吃喝玩乐,今天不是看电影就是打游戏,明天不是去K歌就是睡大觉。要么沉浸到复旦周围的大商圈,恋着繁华的魅力,要么着迷于各种校园活动,结交复旦的"名流之士"。这种把求学的过程理解为一种感性攫取式的享受,实乃误解了求学的本意。

复旦在专业课程的学习之外,确实为大家提供了丰富多彩的校园文化生活。大家可以在这个平台上培养爱好、发挥特长,展示自己综合发展的方面。这符合复旦培养"全面发展的人"的理念。但这种熏陶是建立在能够完成基本学业的基础之上。如果你在规定的时间,完不成基本的学业要求,而整天忙碌与学业无关的其他事情,那你来复旦干什么?你就是来求学的,首先是为了充分利用优质的教育资源来习得以后进入社会的生存本领,而不是本末颠倒地关注和求学关系不大的事情。

求学阶段总是很短暂。想要在这段时间获得一项能够立足社会的本领实属不易。何况还没有把主要精力放到学业上面,不要说想获得对所学专业的系统训练了,就是能否入门也要打个问号了。

有人认为,来到复旦,就是为了利用这个平台,解决个人的生计问题。这个本来无可厚非。复旦的学生到外面做兼职,当然比其他学校的学生有优势了。通过兼职还可以感受世间百态,增加社会阅历。然而可悲的是,就有人把全部精力放在赚钱上面,还以为自己会是第二个比尔·盖茨……

尽管入学以后,许多导师三令五申地告诫学生,不要去做兼职,要安心地看点书、写点文章。但就是有把兼职做得乐此不疲的人,当临近毕业之时,才想起来还要达到毕业要求才能毕业。于是,应付一样地匆匆忙忙考试、看书、发论文、搞毕业设计,其毕业质量可想而知……

或许,这些人会说,我就是为了拿个文凭,从未想过要走学术之路,也没打算在本专业领域混。这种貌似很有道理的看法,其实就是一派胡言。殊不知,正是因为你的浑水摸鱼,拉低了学校整体培养质量的平均水平。你这不仅是对自己求学的不负责任,更是对培养你的学校极度不负责任。

你从未把求学当成一种获得人生本领的训练,何必要占用复旦的优质教育资源。在人人都渴望这种稀缺资源的时候,你挥霍着大好的年少青春,辜负了导师和其他老师对你的殷切期望,浪费着学校为你提供的宝贵资源。可你却全然不知,依然我行我素地享乐其中。看着你整天这样,我有些心痛,可你却浑然不觉。你还要我佩服你?!我不(鄙)服(视)你,但你自己拜服自己……

作为一名复旦学生,你为复旦做了什么?

你敢这样想吗?你要是敢这样想,那你还没有失去理智,至少还有点儿人情味。你要是连这样想的勇气都没有,你算一个合格的复旦学生吗?你要是都不屑于这样想,那我只能说,"算你狠""就你毒""逗我玩"了……

在每一段求学经历开始之前,每个人都应该扪心自问,我为何求学?尤其是当这段可能会终生难忘的求学历程把自己与复旦相连时,就更应该思考这个问题了。在复旦求学,自己就是复旦的主人。以主人翁的姿态开始,思考自己在复旦的所作所为,或许更能在复旦有所作为。以后走上社会,也会把复旦印记带向社会,让"复旦"二字因你熠熠生辉。

所以你要在复旦获得真正的成长。这种成长不是徒增你的年龄,不是满足你的虚荣,不是填充你的饥渴,不是逃避你的问题。这种成长是你在学业上有所收获,在能力上得到锻炼,在才华上崭露头角,在复旦接受名校熏陶。

🌸 告别平庸

复旦人可以活得平凡,但不可以活得平庸。

这里的平凡是指,作为芸芸众生的你知道自己的"渺小",反而在内心里更会激发出"伟大"的向往。于是,你努力把自己的人生活出特色来,把自己的生活搞出模样来,把自己的事业弄点儿花样来,总之,要把自己的追求变得有意义,还能让别人感觉有点儿意思。这就是活得平凡,却活出了不平凡的味道。

从一些人身上,总能在平凡中见到伟大。走在复旦校园里,不经意间,从你身边骑过一辆老式自行车的人,可能就是鼎鼎大名的某某教授。人家看起来就是一个平凡的人,但我们可以设想一下,他曾经走过的人生路绝对精彩绝伦。每当我从夜深人静的光华楼前面走过时,看见许多灯光从一间间办公室溢出来,就知道那溢出来的不仅仅是灯光,还有日积月累的奋斗痕迹,我的心间就会升起满满的感动。我所感动的正是这种平凡生活中的伟大。

我们经常错误地认为,小人物不会与"伟大"二字沾上边,于是一边羡慕那些功勋卓著的大人物,一边感叹自己的庸碌无为。不是为自己制造各种不求上进的借口,就是像井底之蛙那样安于现状,要么随波逐流地人云亦云,更有甚者,像"温水煮青蛙"似的颓废自弃。这就是平庸地活着。

平凡与平庸看似一字之差,却有本质的不同。

你活得平凡,却能活出不平凡的味道。你活得平庸,能活出不平凡的感觉吗?

为什么有的人在复旦如鱼得水,能够把自己的才华和本领施展得淋漓尽致;有的人在复旦活得平平常常、普普通通,毫不起眼到可有也可无的地步。

你平庸,不是因为你没有轰轰烈烈的事业、惊天动地的壮举,也不是因为你没有任劳任怨地工作、默默无闻地付出。你平庸,那是因为你没有与复旦相匹配的才干和能力,却还整天抱怨着在复旦的不如意。你平庸,那是因为你接受着复旦的熏陶却没有人生的追求,占用和浪费着复旦的宝贵资源。

你越平庸,越是意识不到自己的可悲,反而越沾沾自喜于得过且过的生活状态。"你看,别人那么努力,最后也和我一样。"你没有看到,别人努力的结果或许和你一样,但这个努力的过程,正是精彩人生的华丽展开,还可以让人从中学到很多东西。

凡是珍贵的东西,哪有不付出就能轻易得到的。即使付出了,最终或许也得不到,但这个付出的过程本身就是一种人生姿态。努力展开的人生就像正在绽放的花朵一样美丽动人。千千万万的花朵不就是这样怒放的吗?平凡的人生不正是这样展开的吗?谁事先为自己预设一个没有结果的未来,用来逃避努力的过程,那就不仅是愚蠢的,也是可怜的。

无所作为,正是平庸的可悲之处,尤其是在复旦的舞台上。

人活着就会有很多困惑。活得平庸就是其中的一种困惑。当你困惑自己活得平庸时,你就开始在内心向往着"伟大"。在日常生活中,你还是一个平凡的人。在人生设计上,你已经在告别平庸,接下来就是用脚踏实地的努力,坚守心中的理想与追求。或许,在尽力而为的过程中,你还能收获意想不到的才华和境界。

在复旦,能让我从平凡见证伟大。

我是火炬

我经常在课堂上给学生讲述复旦的故事。如今的复旦大学是享誉全球的中国著名学府。大家都慕名而来，数年后又以优秀学子的身份走向社会。可就算是复旦的学子又有几人知道复旦创始人的故事。"马相伯"这三个字，在复旦很多学子的脑海里就是一个符号。

我刚来复旦的时候也是这样，我并不能明白这个符号的意义。在当时的我看来，出于对教育的热爱，马相伯创办了震旦学院，后因救亡图存的教育理念与耶稣会相悖，又另行筹建了中国历史上第一所自主创办的大学——复旦公学（今复旦大学）。

老校长在投身教育之前从事过洋务运动。他在教会学校熟读近现代科学知识。满腹经纶的他也曾意气风发地想要报效国家。清光绪二年（1876年），他自筹白银2000两救济灾民，反遭教会幽禁"省过"，愤而脱离耶稣会。之后，他游历日、美、法等国，深刻认识到，要想国家富强必须兴办实业。于是，他敲开了直隶总督李鸿章的大门，投身洋务运动。他是当时中国第一个能够熟练掌握七国语言的人才,很快就担任了李鸿章的助手和翻译。然而晚清将亡,在谈判桌上,纵使他为国为民据理力争,迎接他的还是一个个割地赔款的条约。报国之心换来的是不被理解,就连他的母亲也常对人说:"我不曾生过马相伯这样的儿子。"

"学而优则仕",是自古以来中国人的人生抱负。可在分崩离析的动乱年代,萤火之光岂有回天之力。转眼之间,马相伯就步入花甲之年,既然政治上不能救亡图存,那就潜心研究学问。他深感"自强之道,以作育人材为本;救才之道,尤宜以设立学堂为先"。于是,他决定将青浦、松江等地三千亩的家产全部捐献,作为创办"中西大学堂"的基金。这一年是光绪二十六年(1900年),从此,马相伯步入了教育兴国的人生征程。

当初,他创办震旦学院时,就立志要为国家培养有用的人才。"震旦"为梵文,"中国"之谓,含"东方日出,前途无量"之意。然而耶稣会想把震旦学院变成培养传教士的地方,于是强迫他改变教学方针,并让他"养病"退休。震旦学生一片哗然,马上全体退学。同学们去医院将退学签名簿交给马校长,立下誓言:"我们誓死和马校长站在一起,可以无震旦,不可无校长……"

马相伯老泪纵横,决心另行筹建大学。他四处奔波,到处筹款,得到张謇和严复等人支持。1905年9月13日(中秋节),在吴淞废弃的提督衙门,他聘请李登辉为教务长,300多人从全国各地赶来,成为复旦公学正式开学的学生。这里面包括蔡元培、竺可桢、陈寅恪、陶行知、梅贻琦、邵力子、黄炎培、李叔同、胡敦复……

当时的复旦可谓星汉灿烂。经历过百年风雨,一代代的复旦人秉承"牺牲与服务"的复旦精神,才成就了现在群星璀璨的复旦。

"马相伯"这三个字,对现在的复旦人来说,或许只是一个历史的符号,可对于当时的复旦人而言,就是一种精神寄托,就是一份情感表达。

为了让学生们有书可读,65岁的马相伯凭借一己之力创办复旦。纵有千难万苦,也扑不灭他心中的教育之火。《中国缺少一味药,名字就叫马相伯》这样写道:"今日看来,中国缺少一味叫'马相伯'的药,这味药,叫能做事的做事,能发声的发声。即便如萤火,也发一份热,不必等待炬火,若世间无炬火,我便是炬火。"

马相伯正是复旦的火炬。

马相伯所创办的复旦,正是中国教育史上的一把火炬。

复旦人应像创始人马相伯那样,成为中国前进道路上的一个个火炬。

勤能补拙

　　《思想道德修养与法律基础》课程考试结束后,我本以为可以轻松一下,其实不然。我最大的痛苦不是短时间内批阅了大量试卷,而是有的同学特别关心他的成绩,千方百计想从我这里打探点什么消息。我当然知晓利害了,只能把他的试卷翻出来,帮助分析其中的优点、缺点和改进措施,其他的一切只能交付给老天爷了……

　　平心而论,复旦的本科生还是很能考试的。两个小时之内,我只要求写1500字左右,而大部分学生远远超出这个范围。我猜想,他们一定认为,写多了不吃亏,写少了怕吃亏。其实,我早已在课堂上反复强调,论文的写作关键看思路和视角,并非多多益善,也不是你字写得漂亮就占尽优势,论文的内容所呈现的逻辑才是取胜的王道。

　　我在判卷子的过程中,强烈地意识到了以前一直困惑我的诸多问题。只有当我自己判卷时,才会发现这些问题的症结。一份好的试卷,所呈现出来的不仅是落落大方的书写,不仅是饱满的知识体系和清晰的逻辑思路,不仅是独有的切入视角和情感表达,而更像是上述要求的一种综合呈现。试卷中的答案就像是答题人的精神面貌,让我瞬间产生了精神上的美感和情感上的愉悦。我那只握着红笔的手不由自主地就为这种美好点缀了一个可人的分数。

为什么人家就能取得不错的成绩?因为人家本身就有天赋的聪明劲,还那么勤奋地读书。且不说呈现在试卷上的谈古论今,人家并非泛泛而谈,而是引经据典地佐证自己的观点,更重要的是,人家把独有的人生感悟和生活思考,条理清晰地写出来了。这才是干货。读书不就是为了解惑吗?不就是为了求真吗?不就是为了更好地成长吗?从一张好的答卷里面,既能让我看出灯下苦读的身影,又能让我看出困惑已久的思考,还能让我看出求知若渴的感觉。最后,我都被答题者所感动。我所感动的,不仅是那份答案,更是答题者对求学过程的一种认真的姿态。

所以千万不要总是盯着老师打听考试的结果,先扪心自问是否够格拿个好分数。人家用了无数个日夜交出来的答卷,你就用了几个小时,怎么能拥有和人家一样的成绩。你要明白,其实那是你心态不好。或许,你早就知道自己没有考好,才底气不足地暗示老师"法外开恩"。你有没有想过,你要是认真阅读过很多书籍,要是精心准备每次考试,要是对自己充满信心,何必这样为难老师。你的不自信就是没有实力的表现。你越没有实力,就越不自信,就越难接受你的不优秀,就越想通过各种非正当渠道包装自己,让自己假装变得很优秀。其实,那些真正答题,答得让老师眼前一亮的同学,从来不会找我问考试的结果。因为他们知道功夫在平时,相信自己的能力,也相信老师的水平。

如果你没有获得一个理想的成绩,不要盲目地责怪老师,首先认真地反省自己。如果是先天不聪明，那就后天奋发努力。你要相信，后天的作为远比先天的遗传重要的多。所谓天道酬勤，就是多一分耕耘才能多一分收获。你努力的程度够了，自然会有满意的结果。因为你准备得足够好，在没开考之前，其实你心里就已经有底了。

人生总会面对无数次的考试。所有的考试都不是在为难你，而是在一次次地证明你。你若是把这些考试当成改变自己和世界的一个切入点，那你的人生价值不仅彰显出来了，你的生命意义也能得到实现。

我希望我的学生多和我探讨问题，而不是追着我问成绩。当你问老师成绩的时候，其实你已经输了。

莫问成绩，赶紧努力。

🌸 贵在坚持

在复旦生活久了,才会发现周围人优秀的秘密。他们之所以超群拔萃,不是因为天资异禀,也不是因为生活优越,而是他们懂得从零开始,让海洋般的知识熏陶自己,并且始终如一地坚持学习,从点滴的努力和进步当中收获超乎想象的成功。

贵在坚持,看似是一个人人都懂的大道理,但有多少人能在日常生活中真正做好?当你在惊叹别人成功的时候,你的眼睛只停留在了成功的结果上面。而你有没有观察过别人成功的过程呢?你一边保持着三分钟的做事热度,陶醉于敷衍了事的"自如"状态;一边抱怨着机会的不公和生活的无趣,还对别人和你拉开的差距表示震惊和不满。你的警惕不仅暴露了你的狭隘,还有你的无知。

想要学有所成,就必须懂得坚持。众所周知,复旦的本科很难考,因为这里的本科生都是千挑万选的天之骄子。相比较而言,复旦招录硕士生和博士生的要求有所降低,但是这并非表明后者就不如前者优秀。这里的优秀并非仅指成绩方面,也不是局限于求学阶段的比较,而是指在学业上的坚持。本科阶段的培养就能解决你思想上的困惑,弥补你知识上的不足,铺平你一生的道路吗? 我看未必。只有那些不安于苍白现实的乏味,想要寻找精神依托的人,才会孜孜以求地继续学业上的探索。

大多数人却是从学校迈入社会,开始千磨和万炼的漫长之路。在广阔的大舞台上,你通过搞定一件件小事来证明你存在的价值。当你用自己的要求来衡量他人时,他人也在用自己的尺子来丈量你。你想要始终如一地生存下去,就必须坚持自己的原则。而当坚持不下来时,你以前的要求即使不会成为别人眼中的笑柄,也会变得毫无说服力。更要命的是,你的妥协成全了你的软弱。长此以往,你就成了一个没有原则、立场和底线的人。有谁愿意和这样的人打交道呢?

关于坚持,身边的老师们或许知道得更多。在复旦,老师们通过自己的坚持,不仅开辟出绚烂多姿的生命园地,而且对学生的成长也很有启发。钟扬教授的"不是杰出者才善梦,而是善梦者才杰出"的话在社会上广为流传。为什么是善梦者才杰出呢? 善梦者对自己的梦想始终怀抱着一颗赤诚的、真挚的、认真的态度,梦想也将以杰出作为回报。复旦大学的钟扬教授30余年从教,16年援藏,10年引种红树,收集4000万颗种子,靠的就是对梦想的坚持。他把自己比作裸子植物的种子,越是在艰苦的环境中越是顽强地生长,才更体现出生命的韧性。他懂得坚持自己的梦想,所以他留给未来的千万颗种子必将造福万千苍生。

这是一种坚持,不是因为要成功才坚持,而是因为要坚持才成功。

我也希望拥有钟扬教授那样的灿烂人生。我从2003年开始读大学。和所有对象牙塔怀有美好想象的人一样,我想要通过大学生活迈向更加光明的未来。大学生活短暂而充实，有收获也有遗憾。当我从山西的小县城考到上海继续求学时，我就在思考自己为什么要作出这样的选择？仅仅是为了改变命运吗？在迷茫与探索中，在困惑与坚守中，我逐渐发现了自己的兴趣爱好，找准了自己的人生定位。我要成为一名能引导学生独立思考、自学成才、勇于担当的高校教师。于是，在短暂的工作之后，我继续求学。为了心中的梦想，我愿意忍受人生道路上失去的林林总总。我在一直坚持着，既对该做什么不该做什么有一种坚持，又在坚持中应对了人生的种种挫折。

我想，只要一直坚持着，总能在这种坚持中有所领悟和成长。

所以我认为，坚持是自己对人生的一种认真态度。生命的意义不全在于自己选择了什么样的人生，更在于数十年如一日地坚持自己的选择。

心中之城

复旦是复旦人的心中之城。

来复旦做博士后，是我求学的终点之站。在这里，我终于建立起了自己的心中之城。

当我还没有建立起心中之城时，我奋斗得再多，也很茫然，因为我不清楚，到底是"为了什么"而奋斗，这个终点会在哪里。当我建立起它时，我所奋斗的一切都凝结为它的一部分。通过心中之城，外在世界的一切都可以被我把握，我也能通过它来改变外在的世界。

每个复旦人都在这里寻找和建设着自己的心中之城。人生当中的每一个渴望和憧憬、每一种情怀和写意、每一次进取和超越，都是在为心中之城添彩增色。久而久之，这样的心中之城就成为人活一世最真实的反映。

来到复旦，我才明白，大学其实不仅是学习的场所，更是寻找精神家园的场域。一个人活一辈子，最重要的事情就是寻找到可以安放灵魂的心中之城。

复旦是综合性研究型大学,很重视通过通识教育培养一个全面发展的人。学校的校训是"博学而笃志,切问而近思",很典型地强调了这一育人理念。我不去多读点各个学科的书,怎么能领略这些学科的精彩呢?我不去多读点杂书、闲书、野书,如何去发现广阔世界里的感人小天地呢?我不去多聆听不一样的声音,如何才能得知人性的复杂和生活的斑斓?通识教育就是让人在广泛的涉猎当中,寻找到能与精神产生共鸣的思想体系,从中生发出自己的思考,并逐步构建出独有的人生哲学。这就是通识教育的奥秘所在。

我在复旦感受着通识教育的种种好处。在给学生上课时,不经意间提到某本书,总有学生能讲解一二。其中的很多书都是我来到复旦之后才有所接触。我喜欢看专业之外的书籍。这在有些人眼里可能有点儿不务正业。尤其是在这样勤奋、用功的学习环境当中,在大家都为事业拼搏而且有成的时候,我就显得浑浑噩噩了,可也没见有人说三道四地找碴儿。既然我愿意在我的小田野干点儿私活,只要不影响其他人,我愿意生活成什么样子,就顺其自然吧。通识教育使复旦人宽容与自己不一样的生活选择。在这种宽容中,复旦人就开始各自找寻心中之城了。

除了教学、科研、学生事务等传统工作,我不仅为自己开辟了多块自留地,复旦师友也觉得我是一个上进的人,更是无私地为我提供各种机会。我并没有因为起点很低,而在这里遭人挤兑,相反高手们还很乐意帮助我。在这样开明、宽容、自由、独立的环境当中成长,我还有什么非分奢求呢?所以复旦的学子们毕业之后都对母校恋恋不舍。我想,恐怕是在这里形成的心中之城持久地陪伴着他们,已经成了他们抵御人生风雨的坚强堡垒了。

直到最近,我才发现阳师弟在复旦建立了自己的"城堡"。刚来复旦,我就听说导师的同门中有一个"90后"的博士生,不仅翩翩君子、一表人才,而且满脑智慧、学术过人。我与他同时完成学业,只不过我是个84年的博士后,而他却是92年出生的博士,差距之大羞于言说。我以为,他与我的母校上大结缘以后,就安居一方为人师表了。想不到,他在复旦还有一座"心中之城"。这还要从偶然在朋友圈里看到的一篇文章《这个秋天,在复旦新地标尝一杯"90后"博士为你做的咖啡?》说起。这才知道,他从未离开过复旦,只是换了一种存在方式,变身复旦的创业达人了。他果真还是在这里延续着自己的复旦梦,并且梦想成真了。

我不由得很是感动,年轻时梦是现实,年老时梦是痴呓。能在年轻时找寻并努力实现自己想要的东西,这个过程就是一种成功。复旦为有梦的年轻人搭建了一个个梦想舞台,在追梦者的人生路上建立了一座座心中之城。

义无反顾

假如时光可以倒流，我一定还会义无反顾地选择复旦大学。

我是一个平庸的人，本来只有燕雀的视野，安敢奢望鸿鹄之志。从小到大，被赞誉的优秀只存在于别人身上，类似的故事从未在我这里上演过。我当时没觉得有什么损失，这可能与我的"愚钝"有关。我是一个不太讨人喜欢的孩子，聪明的学生大都很会迎合老师，老师们的指挥棒指到哪里，这些学生就能在那些地方考出骄人成绩。我没有这样的见识和心力，自然只能浑浑噩噩过日子。在他们都紧跟老师步伐卖力的时候，我迷上了与考试无关的课外读物和有趣的大自然。整天只想着各种奇妙故事里的主人公，梦想着有一天我也能横空出世，成为盖世英雄。学校里自然不是我一展本领的场地，我就到田野里逮兔子、灌田鼠、捉麻雀、捕知了。小动物们才是我忠实的手下，它们绝不会用大人的标准对我的生活横加干涉。

跟应试教育之外的事物打交道有一个好处，那就是你不用刻意迎合一些东西，知道自己会对什么感兴趣，容易发现自己的兴趣爱好。而一个人对生命的感受和领悟,往往是从最能打动自己的兴趣爱好开始的。在漫长的阅读过程当中,我由最开始对故事情节的迷恋(一个名不见经传的底层人物如何叱咤风云),转移到了对话语辞藻的关注(描述他波澜壮阔奋斗史的细节),进而思考展现人物命运的历史背景(到底是时势造英雄还是英雄创造历史),以及呈现整个故事的叙事方式(英雄人物的发展逻辑)。我展现人生的方式不也如此吗?我并不是一开始就为自己预设了高大上的人生追求。我是在求学的过程中逐渐感受到一种乐趣的。这种乐趣指引我,不是为了升学而读书,而是为了创造一个可能会更加精彩的我而努力。

　　一路走来,感慨在心中。身边那些曾经被公认为是学霸、在学校里就被认定为是社会的精英,志满意得地步入社会一展拳脚的时候,我还在继续摸索自己的道路。我的归宿不是一种迎合现实的安排,享受着既得利益的拉拢,成为一名精致的利己主义者;而是一种能够安放心灵的依托,让我既能做喜欢做的事情又能激情澎湃地活着,即使也发愁生存问题,但不会为此失去想要成为的自己。复旦给我提供了这样一个平台。很多人曾不解地问我,你在复旦没有感觉到压力很大吗?你在复旦没有遭人歧视吗?诸如此类的问题,无非想表达这样的观点:你的起点并不高,有能力在复旦立足吗?

　　我真的感觉这样的想法很是无趣。一方面,他们不了解我在复旦的真实生活。我所感受到的复旦确实有一些缺点,但她是海纳百川、包容个性的大学,我能在这里展现我的思考和才华,能够自由随心地活着,这是世俗功利给不了我的东西。另一方面,我为了求学牺牲了太多其他可能,数十年的积累终于可以表达出来,并能获得复旦的认可,难道因为你们曾经和我在一个起跑线上,现在这个距离越拉越大就"吃不到葡萄说葡萄酸"了吗?我想说,这里的师生既能看到我奋斗的价值,又给我提供了发展的舞台,还尽心竭力地帮助和栽培我。这里就是我一直想要寻找的归宿。

在我来复旦之前，就业情况也比较理想，我也曾考虑过直接工作。当时，我的博士生导师就强烈建议我来复旦做博士后。我起初还不太明白他的用意，以为这是在为留在上大作个准备，结果他直言不讳，"你要是做得好，说不定还能留复旦呢！"我也是听了他这句话，才义无反顾地来复旦的。我从来没有在一流的985大学接受过熏陶，更谈不上海外留学经历了。所以在复旦的平台上，我一开始对自己很没有底气。我全力以赴地准备着学业，拼命地看书，想发点儿文章，以此来证明自己的存在价值。两年求学下来，虽离心中的理想和老师们的期待还有很大差距，但我自己确实经历过前所未有的掉头发的情况，如履薄冰地完成了博士后学业。当我以全新的身份踏上人生的新征程时，心中确实翻滚着五味杂陈的感受。多年的求学就是为了迎接这一刻的到来。为了对得起"复旦"二字，我不管是备课、讲课，还是申报课题、撰写论文，或其他各类事务，都全身心地投入其中。在这样的过程中，我需要在意别人的看法吗？

我只知道，我要义无反顾地往前冲。

我不在乎那些喧嚣的声音，也不在乎那些纷争的鼓噪，我所知道的只有义无反顾。这是我对合作导师和复旦的承诺。

新变化

受挫成长

在复旦任教的第一个学期结束后,想不到我会有很多感触。这些感触或许是我的另一种收获吧。其中的一个触动是,许多学生还在进行期末考试的过程中,就被刚参加过的考试伤到了。这些同学总觉得自己的成绩会惨不忍睹。辛辛苦苦上了一学期的课,为准备考试连着努力了好多天,结果考试结束后虽然还不知道成绩,但感觉没有想象中的好,就会有一丝丝失落,有一点点沮丧。

接下来就是感觉在大学里求学很是迷茫。以前在自己所在的中学都是尖子生,自己是能够出人头地的优秀人才。来到复旦大学,发现身边有好多比自己厉害很多的同学,就很迷茫。尤其是期末考试能从分数上正式拉开学业的差距,就会让这些同学感觉更加迷茫。

这种现象很正常。从一个比较优秀的地方走到一个更加优秀的地方,就会遇见比自己更加优秀的人。自己应该能看清和理解所处的竞争环境。如果觉得在学业上竞争不过别人,那就全力以赴地认真准备考试,尽心尽力就行了。大家能来到复旦求学,已经是全国大学生中的佼佼者,证明了自己的优秀。并且身为复旦学子能有一颗不断向往优秀的心是很难能可贵的。遇到比自己更加优秀的人,首先不能妄自菲薄,轻易地否定自己。或许,你确实在学业上无法超越他们,但是你也有自己的长处,要通过展现综合的自己,让自己的生活和心情灿烂起来。此时,对待学业的心态就要平和,对待生活的方式就要阳光,对待沮丧的自己就要包容。那个成绩并不能取代你,也并不能完全证明你,你从来就不应该仅仅被成绩所束缚。虽然成绩是必要的,但你在学习的过程中所收获的知识、认识和境界更加重要。

所以你不要老是和别人比优秀,你也不要老是和期末成绩过不去,你要和自己比求学过程中的成长和收获。在你一生的展开过程中,成绩在当下的生活中很重要,但也是外在的,而你求学过程中获得的本领却是自己的。大学里当然要好好考试,但更重要的是在上课和读书的过程中能独立思考问题,并能够产生自己的想法。如果还能在此期间培养一个终生为之着迷的兴趣爱好,那就是非常有收获了。这样的兴趣爱好不仅能调节生活,还会成为人生路上很重要的生存本领。

大家就像那正在长大的雏鹰一样,都要经历血淋淋的成长过程。每一只雏鹰成长为雄鹰都是一个悲壮的血泪故事。雏鹰出生几天后,母鹰会把它带到悬崖边上推下去练习高空飞翔,不少雏鹰因此丧命。幸存下来的雏鹰则会被母亲残忍地折断正在生长的翅膀,再次从高处推下。很多雏鹰就成为飞翔的祭品。一只又一只的雏鹰死亡了,但母鹰不可能停止这异常残忍的训练过程,它明白,这种牺牲是雏鹰成长为雄鹰的必经阶段。有人曾发善心把雏鹰从母亲身边带走,结果长大后的鹰只能飞到屋顶的高度便掉了下来。身上两米多长的翅膀反而成了累赘,从此就失去了翱翔蓝天的机会。

其实,母鹰残忍折断雏鹰的翅膀是决定雏鹰能否在广袤天空中自由翱翔的关键所在。雏鹰翅膀的骨骼再生能力是很强的,只要在翅膀折断后仍不断忍痛飞行,就能使翅膀不断充血,不久便能痊愈。痊愈后的翅膀似凤凰涅槃,更加强壮有力。

每个复旦人都要经历故事中雏鹰学习飞翔的阶段,都要经历折断翅膀的阵痛过程。大学里被其他同学的优秀所刺伤不正是成长过程中的代价吗?你在大学里受挫,还有补救的机会。但当你走上社会以后,再因犯错而受挫,等待你的或许就是不可弥补的伤害。

认清了人生的成长过程以后,就要认真而执着、平和而自信地享受自己的大学生活。

边走边欣赏,而不是边学边压抑,应成为大家的复旦风景线。

不堪重负

焦虑是年轻人在大城市生活的普遍感受。年轻人挣扎在生存线上,不仅为谋生发愁,还为情感和生活的一团乱麻焦躁。

我不仅在大城市里拼搏,还在人人羡慕的高校工作。然而别人眼中的"芬芳之地",有时候却让我感到要成为压在我脊背上的"致命稻草"。

我整天焦虑地工作着。焦心完不成各种任务,忧虑上不好课,茫然发不了职称文章,伤心很难与谁能够建立起情感上的信任,苦恼诸如房子之类的生存问题解决不了……

这些压力都会损伤我的身心健康。可我每天还是顶着巨大压力,忙碌于似乎永远也干不完的活。一直活在压力之下,让我整个人都变得格外敏感和脆弱。难道支撑我每天活下去的理由就是成为各种要求的"合格品"吗?

我时常会想起一位教师,她的《此生未完成》仿佛就是专门为我们这些"青椒"而写的。我们无形之中都会给自己很多压力。为了能够胜任工作,为了能够证明自己,我们把本应最自由的职业和人生,活成了最没有自由时间的"知识民工"。我们有所谓的寒暑假和周末吗?这并非"朝九晚五"的工作,但我要是不充分利用这些时间,我就丧失了点滴成长的时机。我的这些努力正是在把别人眼中的闲暇时间转化成为人生发展的更多空间。这也是身边人同样"浴血奋战"的理由。

不了解我们的人,还以为我们整天生活在诗与远方的象牙塔里,过着远离尘嚣的净土生活。殊不知,在高校也有巨大的压力。

想要摆脱人生的旋涡,不是一件容易的事情。我要有能力改变才行。然而现在的我,却越来越感到能力的不足、人生的贫瘠和活着的微不足道。生活既充满了被掣肘的无力感,又挤满了赶紧上进的紧凑感。还好我身边的师生们都没有给我太大压力。而正是因为这样,我内心的无形压力会更大。我在这样宽容和文明的支持体系下,如果做不出点东西来,岂不是更加无地自容……

于是,我要意志坚定地朝着一个个目标前进。毫无疑问,阶段性目标的完成会给我带来短暂的成就感。可我为什么还是充满着焦虑?因为我发现,永远都看不清楚前面会到达的终点。为了一个个所谓的目标,我刚获得外在认可的成长,就牺牲了全部的时间,以至于正在开始绽放的生命到处充满着遗憾。

"早知道这样,我就……"哪里有这么多"早知道"!我把精力都投入到了学业,自然就无暇顾及其他方面。想要面面俱到,谁也做不到。虽然这样宽慰着自己,至少我还不是一无所获,却总有许多放不下和不甘心。既然我从来就无法"早知道",那就不要继续胡思乱想了,还是按部就班,做好当下的自己。

每个人都希望自己能活得健康和快乐,却很难做到健康和快乐地生活。这是现代人的一种怪病。这种怪病也在高校的"青椒"群体里蔓延。

还好现在的社会已经注意到了这种怪病。那对症下药的良方在哪里?

虽然生活中总有那些不堪重负的东西,我还是希望不要被来势汹汹的压力击垮。一株嫩芽才刚刚萌发,正在全身心地憧憬着眼前的希望。

求学困惑

刚来复旦的学子一般不会迷茫,只会感到前途一片光明,到处都是一派欣欣向荣的景象。等过上一个学期,亲身感受了一番大学生活后,反而会产生出许多困惑。

有的学生开始自卑。上课跟不上节奏,感觉高数、大物什么都没有学会。期末考试更是一塌糊涂。哪怕象征性地拿个"A",都不至于混到如此悲惨的地步。更让人绝望的是,不仅文化课没有学好,就连体育课也沦陷了。生活在复旦的平台上,突然意识到自己不仅毫无竞争力,而且毫无成就感。这样的生活每况愈下,整个人都感觉不太好了。有一天,发现遇见自己喜欢的人了,也没有勇气追,觉得自己配不上。

有的学生开始迷茫。作为过来人的师哥师姐告诉我们,大学生活没那么复杂。该吃吃、该喝喝、该玩玩,要做自己喜欢的事情。若不细心想一想,还会觉得这样的说法没有问题。可仔细一琢磨,大学生活显然不能这样过。吃喝没有问题,做自己喜欢的事情也没有问题,但是如果整天想着吃喝玩乐,没有把主要精力放到学业上面,那成绩自然就会滑坡。殊不知,有的学生很努力、很用功,也还是成绩一般,何况还不努力呢? 但确实有学生不努力,成绩也照样好。这是靠天吃饭,不能长久。还有的学生属于"佛系",成绩无所谓,我不在乎。这样的心态倒不会让人极端焦躁,但其实表达的是你渴望而没有呈现出来的生命精彩。当你觉得什么都无所谓的时候,你其实很在乎。只是你的学识、能力和修为都达不到高水平的要求,于是你强迫自己放下、看开、随缘,让自己迷失在茫茫人海中,得过且过地活着。

有的学生开始焦虑。上大学就是为了改变命运。好不容易完成了"鲤鱼跃龙门"的壮举,更要再接再厉地过好复旦生活,于是很努力、很认真地奋斗着,上课总是在好好听讲,却总感觉成绩不是很理想。渐渐地,就开始焦虑。这种情况很正常。起点低的学生在一个全新的平台上,总有一个追赶别人的过程。要对自己有信心,相信自己一定能不断突破,获得更好的成长。这样的学生往往不仅要在学业上投入更多精力,而且还要自行解决生计问题。干点兼职也是一种社会历练,但切不可沉迷其中无法自拔。殊不知,当你在学业成绩上出类拔萃时,自然会获得学校的各种奖励。这样的认可不仅可以缓解你的生存压力,更会对你的发展产生更好的激励作用。比起在外面低层次地厮杀拼搏,学业上的优秀才是证明你能力的最好方式。

有的学生开始失落。"清北"的理想与复旦的现实总是差距很大。结果来到复旦之后,发现连身边人都比不过,就更觉失落了。既然能力不足以征服学业,那就把关注点转移到情感上面,找个对象谈一谈吧。找了一圈,也没有发现自己喜欢的人,但就是想谈一场没有结果的恋爱。有一天,有人对你说:"我们谈恋爱吧。"然后,你的脸上浮出丝丝腼腆的笑容,吞吞吐吐地小声说:"可以,看你的。"心里却大声地呼喊着:"求之不得!"转眼毕业季,就要各奔东西。他对你说:"我们还是分手吧。"你无动于衷地附和着:"都行,听你的。"虽然你心里很是失落,但是却很佛系地冷淡对待这个事情。无所谓,不会再见面了……

你求学过程中面临的困惑,正是你要突破自己的地方。你之所以对自己不满意、不自信、不认可,是因为你想要提升自己,却总找不到改变的途径。你就要对自己作一个深入的优缺点分析,制定合理的奋斗目标,张弛有度地安排自己的学业进度。通过一个个目标的完成,让波澜不惊的心澎湃起来。这不仅是一种求学姿态的表达,更是一种求学能力的培养。

对大多数人而言,人生只有一个大学生活。在白驹过隙的光阴中,你要集中精力用心学习,切莫浑浑噩噩过日子。因为你不走心,就会苦痛。

如何在场

　　我在课堂上布置了一道"如何做好复旦人"的讨论题目,旨在激发大家通过"在场"的复旦学习,思考在复旦如何获得成长,寻找自己与复旦的精神共鸣。

　　之所以出这道题目,也是结合我在复旦的求学生涯,有感而发的一种思考。复旦是许多学子梦寐以求的地方。没有考到复旦之前,千方百计想与她结缘;考到复旦以后,就要思考如何能与她一起成长的问题。

　　你要走进复旦,了解她的过去,把握她的当下,畅想她的未来。知晓复旦的历史,既是对母校的一种尊重,又是感受复旦文化的重要方式。然而复旦文化不是一成不变的,而是在一代又一代复旦人的追求中不断生成的。那么你就要在复旦的发展中与她同在,要参与复旦的发展和建设。对学生而言,就是在学业上不断有所突破。我刚来复旦时,就感受到了学业上的巨大压力。为了能适应这个求学平台所提出的要求,也为了能在这个平台上有所收获,我不断在学习方法、学习内容和学习进度上思考自己的不足,企图做点自己认为还有些价值,也能向社会证明自己价值的东西出来。这是我对自己的要求。因为我觉得,这才是我心中的复旦人应有的想法和姿态。当然这样想问题时,就会很痛苦。想要在高水平的环境中获得认可,不是一件容易的事情。

我深知自己的基础不够好,没有多少可以利用的资本。只有不断地苦学,才能在良心上对得起自己,至于是否对得起复旦,还是一个大大的问号。何况要是不努力,不要说在复旦出人头地,是否在复旦完成学业,都是不得而知的事情。那有什么办法能使自己尽快走出当下的泥淖呢?多向身边优秀的人学习,这是积极进取的不二法门。而大多数人把优秀定格在同龄人身上,其实不然。在很大程度上,复旦的声誉是复旦的老师创造的。大家要多向老师们学习。两年复旦求学的实践,让我深切地感受到,复旦的老师们绝对比复旦的学生们要刻苦、努力、勤奋、用心得多。大家不仅要在课堂上学习老师如何为人师表地传授知识,更要观察和思考老师们如何在课下搞研究和培养学生的过程。身边的复旦人就是大家的宝贵资源,为大家提供了在场的现实对照。

复旦很重视经典阅读,也希望能把学生培养成爱好读经典作品的人。一所学校的文化品位决定了其对学生的培养要求。复旦的学生若是在校期间不广泛涉猎各类经典著作,如何谈得上能成为一个有独立见解的人。现实情况是,很多学生的脑袋就是别人思想的跑马场。这是求学过程中必然要经历的阵痛阶段。当你意识到这个问题的严重性时,你就要开始自觉地把自己的求学经历当作对象来进行研究。上大学当然不是很功利地为了一个所谓的结果而来。你也很明白,你是在复旦求学的过程中试图寻找复旦对你而言的意义。可是问题的关键不在于你在求学的路上走了多远,而在于你是否更早地走在了正确的求学路上。你只有把自己的求学历程当作人生成长的重要环节和对象来研究，才会主动地、有意识地反思求学历程中的不足，更快地获得思想和行动上的成熟。这正是复旦作为中国大学的经典学府，希望大家能成为未来所是的那个样子。

很多学生仅把目光局限在复旦的民间校训"自由而无用"上面，我有些不同看法。复旦坐落于上海，自然就荫习了小资的情调。"自由"为大家提供了宽容和人文的学习环境，也滋生了浪费光阴和不求上进的土壤；"无用"确实能为你的精神追求提供一种论证，殊不知多少"佛系"学子也借此寻求灵魂的慰藉。无论在哪所学校求学，都应该抱着一种艰苦奋斗的心态来读书。上大学不是来享受的，而是来学本领的。那种一味追求生活品位、物质享受和精神愉悦的人，恐怕是把心思和精力放错了地方。我无意斥责小资是一种不好的追求，而是你不能一厢情愿地把"未来的你"当成"现在的你"来活。你的现在说到底是父母的功劳，还不是你个人的功绩。你还需要继续潜伏，等待那思想、经济和能力能够真正独立的那一刻。所以有些学校的民间校训或许会对大家有一定的启发。例如"为祖国健康工作五十年"，既能体现学校的价值追求，又能对学生提出务实的要求。要真正实现这样的口号，确实是一件困难的事情。你既要实现个人价值与社会价值的统一，又要有能实现统一的本领和条件。你的身体素质差，不要说为祖国，就单说为自己，能健康工作五十年吗？何况在复旦求学，让人感到更加恐怖的事实是，锻炼身体还好说，提升智和德方面的水平就更加难了。你还有什么心情享受小资的乐趣呀。

复旦人确实不应成为"佛系"学生，也不应成为精致的利己主义者。那到底怎样才能成为一名真正的复旦人？恐怕印有"复旦"标记的学生们心中还是有答案的。当你对自己的答案还存有疑惑时,就要开始不断地向自己发问了。

谈情说爱

爱情是令人激动的校园话题。

校园里的许多八卦都与爱情有关。就拿复旦来说，据说是"中国恋爱成功率最高的大学"。这下复旦学子就乐开花了。若不在复旦谈上一场恋爱，岂不是对不起广大网友授予复旦的这个称号了。那为什么复旦学子走在一起的可能性如此之高呢？分析认为，"上海人重土安迁喜安逸，视离开沪上为畏途，鲜有离乡远行者"。复旦学子毕业之后大多选择留在上海。这样，爱情土壤就很深厚，极易落地生根、开花结果。能够娶上贤淑的妻子，再生个聪慧的宝宝，人生岂不乐哉。这一解释貌似很有道理的样子。加之，复旦是文、理、医、工、经、管、艺均衡发展的综合性研究型大学，男女比例适中，自然成为郎才女貌的天堂了。

那么对于复旦学子而言，无论成败与否，谈一次恋爱就是顺理成章的事情喽。恋爱是人生的必修课。在大学里除了要修满学业课程，请不要忘记修这门情感类的课程。虽然大学里的恋爱容易被贴上"海枯石烂"的标签，以至于让人怀疑这样的感情到底能够走多远。但你还是要憧憬一下"白头偕老"的未来。在恋爱的初期,你都没有勇气给对方一个"一生一世"的承诺,如何能够产生爱情的火花。虽然许多人最终也没有走到一起,虽然悲剧性地遇到了不负责任的人,虽然经历过才知道他并不是我要找的人,虽然……但你却因此获得了成长。此时的你才知道,恋爱除了激情,更多的是点滴平凡的感动;恋爱除了美好,还会掺杂社会利益的成分;恋爱除了享受,还需要把责任和宽容放到更加重要的位置上面。

恋爱过之后,你才会明白什么是情投意合。

你会慢慢地回想与他在一起的日子。就是在那个教室,我与他共同经历了人生的第一个通宵自习。就是在那棵树下,我与他漫无目的地聊着,却很开心。就是在那条路上,我们牵着手,不停地把马路轧了一遍又一遍,就当锻炼身体了。就是在那个食堂,被身边的同学发现了我们之间的秘密。于是就有了茶余饭后的话题。接下来,就是七嘴八舌地议论。怎么还不请客?怎么还不带回来让我们把把关?这些发光的求学片段,让象牙塔里的俊男靓女们显得异常可爱。

在这怡情养性的校园里,恋爱中的人儿很少考虑外面物质世界的诸多烦恼,也不会让所谓的"今后"压抑了荷尔蒙的爆发,更不会没有头脑地听信风言风语。不用考虑经济上的压力,不被现实的生存问题烦恼,也不会为了双方的家庭纠纷而吵架。这样的大学爱情,是象牙塔之外多少人可望而不可求的梦想。

当现实介入理想时,爱情可能会被蒙上一层可怕的阴影。本来是情投意合的一对人儿,在琐碎的利益冲突面前退却了。以前的你可以理解他,他也可以理解你的情景就这样一去不复返了。那种纯粹的你只需要考虑他,他也只需要考虑你的情景也一去不复返了。还有你可以为他疯,他可以为你狂的情景也一去不复返了。你们之间到底还剩下了什么?

真正走向社会以后,才猛然发现,大学里发生的口角原来那么的单纯。现实的教训会告诉你,真正的拒绝是从来也不会让步的。而当时的我们如果都能退一步的话,那现在的人生就不会有这么多的遗憾了。如果还有可能的话,我还想再重新和他认真地谈一场恋爱。如果还有可能的话,我不会再这样轻易地放开他的手,从此让他消失在茫茫人海中。如果还有可能的话,我会觉得只有他才是让我今生幸福的人。如果还有可能的话……然而所有人都很清楚,这些如果都只是如果。我们能做的只是不要再让以前的悲剧重演。

大学生正处于谈情说爱的黄金时期。你们都不谈情说爱了,难道还有人更能配得上去谈情说爱的吗? 只是不要太过于功利性地去对待这个问题。能在谈情说爱中感受到青春的激情、生命的活力和生活的美好,就是大学期间所收获的另一笔人生财富。

🌸 一生有你

在没有遇到对的人之前，我总会抱怨地说："老天爷已经把我忘了。"结果老天爷马上给我一个狠狠的惊喜，把我敲打清醒。在复旦遇上你之后，我还要抱怨什么呢？此后的一生有你在身边陪伴，这就是我此生的归途。

在现在的社会，年轻人不是不相信爱情，而是不需要爱情。当爱情碰上物质而不是精神的时候，两个人活在世俗的眼光里就容易相互苛责，而不是相互欣赏。"你又没有房子、车子、位子、票子，凭什么让我跟你在一起?!"为了获得一份有尊严的爱情，年轻人把大量的时间、精力和心思都用在物质的奋斗上面。当物质层面的要求逐渐建立了起来，再想找一个精神上能够谈得来的人，才发现自己已经不知道精神为何物，更谈何恋爱的精神愉悦。于是，年轻人一边憧憬着想象中的爱情，一边自给自足地活着。爱情与现实无关，只属于不可言说的个人隐私。

这种现象在单身的男女青年群体中更为普遍。他们没有物质匮乏的经历，不需要为生计问题发愁，更懂得如何享乐人生。这就意味着，他们不能理解还处于人生原始资本积累阶段的同一年龄段的其他人。生活层次不一样，人生追求不一样，自然"三观"就很不一样。于是在上海这样的大城市就出现了一种有趣的现象。同样是一个地方的年轻人，一部分拼着青春想要改变命运，一部分享受青春变为宅男、腐女。泾渭分明的人生成为阶层固化的个性表达。越是这样，你越会想要拥有一段*THE BEAUTY AND THE BEAST*的爱情故事，可是贫穷限制了你的想象，"the beauty"的华丽人生恐怕是"the beast"永远也无法理解的。

可你却不是这样的美女，我也不是那样的野兽。你说，从一开始我就没有问过你的家境，表明我不是一个物质男。我想，不是我不问，而是我就没有什么家底，为什么要拿我的短处对比别人的境遇。我没有那么世故圆滑，也不会那样处心积虑。不掺杂物质和利益的爱情，少了许多纠葛和纷争，也很快拉近了你我之间的距离。随着彼此了解的深入，才发现你是"cinderella"式的女孩，拥有让人羡慕的家境、良好的教养和善良的心灵。像你这样未得到应有注意的人儿，可否知道，你已经在我的生活中激荡起了多么强烈的波澜。

和你在一起，我们从不重复千篇一律的陈词滥调，也不沉迷于繁华闹市的灯红酒绿，而是把灵魂轻松地交给大自然，从草长莺飞的春天走向绿意盎然的夏天。就这样打破三十多年的平静，让突如其来的幸福从春风得意慢慢变成家常便饭。我心爱的"白雪公主"，那只其貌不扬的"青蛙"从来没有渴望过要吃天鹅肉。而你终被感动，愿意和这个"小矮人"在一起生活。你说，别人并不这样想，也从来不这样看。或许，你是别人眼中的"丑小鸭"。但在我看来，只有你才是我心中的"白天鹅"。可对你而言，我何尝不是如此。我就喜欢故意和你打情骂俏。只有你才愿意接受我的不堪，才真心相信我的一切,才会尊重我的奋斗历程。那我只有努力变成"白马王子",才能不辜负你的殷殷期望。

你相信我的努力,欣赏我的征程,让我无限感动。曾有无数的美好回忆被淹没在漫长而平淡的日子里,你却坚信其中必有闪闪发光的东西。你让我感受到,一个拥有金子般的心的人是不会轻易地就被腐蚀的。我多么地希望,你能尽快用你的阳光填满我的生命,让彼此的其乐融融达到最佳的状态。在遇到你之前,我不知道该如何安放自己。自从遇到你,我才开始有意识地照顾我自己,就是为了让彼此能够成为更好的两个人。然后就在那年那月的那一天,让先骗后抢的把戏成为游戏人间的幸福套路。

从一开始,你就知道我的惯用伎俩,还故意看着我如何继续玩下去。若不是欣赏美丽风景的姿态,我恐怕不能执子之手了。从陌生到熟悉,从相知到相惜,原本晃晃悠悠的两段人生从此定格在一条轨道上面。不管是"for better or for worse",还是"for richer or for poorer",抑或"in sickness and in health",都与子偕老。

你若有趣

现代社会对人与人之间交往的要求越来越高了。你若想要让人际关系舒心一点，就不仅要有用，更要有趣。尤其是在复旦求学，不能让自己变成"精致的利己主义者"，处处以有用作为人生发展的考核指标，而是要在灵魂的有趣上面下功夫，才能让自己变得更加"抢手"。

就拿谈恋爱来说，谁都想与有趣的人交往。有趣的人有情调，会把波澜不惊的日常生活变成回味无穷的精彩故事。没有恋爱经验的人，首先会看对方长得是否称心如意。有过恋爱经验的人，会知道漂亮不能当饭吃，还是要找一个精神合拍的人。所谓的价值观一致就是指兴趣上的志同道合，情感上的舒心愉悦，生活上的自在快乐。而你有趣的程度决定了你让对方能享受多大的乐趣。总会有些人不这样想问题。他们会看脸蛋生得是否好看等，也总会有一些人会顺着这种思路而活。若要变得漂亮，也有办法。于是，大街小巷出现了千篇一律的美：白皮肤、双眼皮、瓜子脸、尖下巴。每当我碰到这样的美女时，就疑心《葫芦娃》里的蛇精又复活现身了。于是就很感叹,在这个世界上真的是有趣的灵魂越来越少了,反而肤浅的美丽越来越常见了。

再打个比方来说,大多数学生都很看重学业上的绩点。只有每门课的绩点高了,才能为以后的"获利"作好铺垫。于是有些人为了获取高绩点,千方百计地选"水课",不择手段地讨好老师。等所要追求的目的一旦实现,就像换衣服一样,把一切都忘得一干二净。若要问他在课堂上有何收获,恐怕得到的回答是:"学那些有什么用!能当饭吃?""我只是为了完成必修任务,谈不上喜欢不喜欢,也不需要认真对待。"想要获得好成绩,不算太难。但想要学有所获,却不容易。当你还不知道何为本领时,还是要在完成既有的学业要求中提升自己。生存的本领永远不会以一厢情愿的方式让你轻松掌握。本领的获得也不是走捷径就可以解决的问题。能否在求学的生涯中感受到学习的乐趣,把求学当成一件快乐的事情来做,反而更要花费一些心思去努力。或许在你心中会有这样的疑问:"为什么有些人会一直坚持上学,一直到了博士后阶段还这么拼?"他们极有可能是把学习当成一种有趣的生活来追求吧。

以后走向社会,更要把拥有有趣的灵魂当成人生的重要追求。而这样的情怀需要在大学期间培养起来。如何培养呢?目光不能死死盯着有用的东西。除了要顺利完成学业,还要丰富自己的大学生活。这里的丰富,不仅指通过参加各种活动让自己过得好,更是指把大学平台当成锤炼人生的大舞台,想办法证明自己也有能力让身边人过得好。人生价值的实现不仅指向自我,更指向社会。这就是家国情怀或社会责任感的表达。当你这样想的时候,你就已经在彰显复旦通识教育的魅力了。若是还能把有意思的想法付诸实践,那就更加了不起了。人们往往是从吃喝玩乐的内容上来理解有趣,殊不知这样的认识层次很低。有趣当然建立在物质生活能够体面满足的基础之上,这样才能为精神追求留下闲暇的空间。但当你满足了物质欲望,而无法提升自己时,就会发出这样的感叹:"这个世界上好看的脸蛋太多,有趣的灵魂太少。"那是因为你已经感觉到了人生的无趣。人生若是无趣,即使拥有的东西很多,灵魂也不会得到满足,反而会更加感觉到失落和无助。

可见,在复旦求学期间,有一种能力虽然学校没有规定,但是大家要有目的、有意识地培养,那就是让自己拥有有趣的灵魂。

心系北区

北区学生公寓曾一度是我接触复旦的主要场所。

本以为可以在北区住两年，没想到出站后便开始漂泊。这就是我刚到北区时的心情，想不到一住就是三年。

搬来北区的第一周，就有令我印象深刻的事情。一个博士后住在学生宿舍区，不免会有心虚又兴奋的感觉。在初步熟悉这里的环境之后，才发现这里因为见不到几个人而显得空空荡荡。其实不然，每个房间都住满了人。只不过，大多数的博士后都是在职的，平时不过来住。估计对面的学生也会心存疑惑，为什么朝北的楼里只星星点点地住了几个人。我的邻居估计是硕士研究生，并且是马上要毕业的。我在四月底搬进来住，估计又会在他们心中产生疑惑。这个时间过来，是个什么情况？那段日子，恰好赶上梅雨季。连日的雨水攻击了北区食堂一楼，着实把我吓了一跳。全复旦最好吃的食堂被淹了？然而北区确实成了一条大河。早上六点多去吃饭的我，一路就踩着"河"水爬上一层半的清真餐厅，发现连半个人影都找不到。因为这里根本没法做饭,已经被雨水漫灌了。这真是让人难忘的一个早晨。

住上一段时间,就会发现北区的好处。好处之一,这里不仅有硕士和博士研究生,而且还有访问学者。全国各地的高手云集此处,可以经常华山论剑了。时隔两年,我又目送了一批研究生毕业。紧接着,对面的公寓就开始翻新,然后住进了克卿书院的医学新生。就像收集卡片绝非易事一样,在北区能集全本、硕、博的学生,也不是一件容易的事情。走在坑坑洼洼的马路上,既可以看见"00后"的朝气蓬勃,又可以感受父辈同人艰辛求学的实况,还可以在不同人群中摩擦出集思广益的火花,可谓其乐融融。好处之二,北区自带食堂、体育馆和篮球场地,为本区学生创造了极为便利的健身条件。要是懒得动,只需要下楼走几步,就能喝到过滤直饮水,也有免费的健身器材。或者约三五好友集体运动,乒乓球、羽毛球都有免费的场地和设备,可以一直玩到尽兴而归。好处之三,北区的思园绝对是产生想法的好地方。好风景当然产生好思想,只有我的702A室的"旦旦空间"可与之交相辉映。我的复旦日记就这样一篇篇地产生于斯、传播于斯、持续于斯。好处之四,北区是邯郸路校区融交通、交流、生活、运动和食宿于一体的多功能区。附近的3号线和10号线,任你出行,畅通无阻。地铁周围的商圈,充分满足你的感官享乐。一路之隔就是财大。偶尔感觉在北区烦闷了,就去财大逛逛,回来照样会说"还是旦旦好啊"!

我还把爱留在了北区。我在北区的时候,兰花走进了我的生活。我们第一次见面约在北区一楼WE餐厅。我请她吃烤鱼。当天的情形有点儿滑稽。我一直在进食,她一直在观察。我说,你也吃点儿吧。她说,你多吃一点儿吧。就在这虚假的客套之间,我蚕食了一盘美味,还心存疑惑,"女孩子都这样不好意思吗?"等我们熟悉以后,她才这样说我:"你第一次请对方吃饭就在食堂吗？都是吃烤鱼吗?"我哼唧了一下。她接着说:"你这样能追到女孩子吗?!"我不以为然地问她:"为什么你当时就没怎么吃?""你不知道上海人不太能吃辣吗?"我才发现失误了,却木已成舟。可我明明记得她当时一直让我多吃点儿,还不停地说:"你工作很辛苦,要多吃点才能吃饱。"或许,就是数不清的关心让我们走到了一起。

工作以后就该搬离北区了,可我一直没有搬。教师怎么可以赖在学生公寓不走了呢?我给学校的博士后办出了一道大难题。虽然整天赖在北区战战兢兢,我却感觉过得如鱼得水。路上碰到学生,一个简单的招呼,让我的心情无比灿烂。回到寝室,看着沐浴在阳光中的花草,就会心生喜爱。为什么有些人身上有光?因为他经常被阳光照耀。如果有人感到压抑,不妨来北区七楼的阳台和我一起仰视天空,让周围的光芒照耀一下。可惜,对于现在的我而言,这竟然成为一个美好的奢望。自从搬到新的小区——尚景园以后,北区的宁静就变成了附近工地的吵闹,楼下的食堂变成要过马路的食堂了,随便畅享的体育馆变成了正在建设的体育馆,身边的"五角场"变成了望不见的"五角场"。我还能说什么呢?江湾有家,北区是校。

为了兰花,还是把北区放在心里,让居家生活成为常态吧。

感受江湾

万万没有想到，江湾校区是这样的美。

在邯郸路校区住惯了，就不想挪动。起初还在不停地犯嘀咕，一颗已有归属的心能否再次被感动。现在看来，我还是经历的事情太少，见过的世面太少，被自己的单纯"忽悠"了。

住上一段时间，才会发现，江湾校区正是适合学习的森林和海洋。此话怎讲？说它是森林，作为森林天堂的它，为师生提供了一个静谧的学习环境。不是我多嘴多舌，也不是自吹自擂，来到空旷、宁静的明溪植物园，你就不想离开了。这座汇集红豆杉、野生桂花、鹅掌楸等近三十个濒危珍稀植物品种的大型植物园，不仅在规模上位居国内高校首位，而且在自然生态保护、珍稀植物开发利用方面也独树一帜。步行在国家一级保护植物的红豆杉园林里，充分感受着人与自然和谐相处的美好，心情无比舒畅愉悦。当大自然的杰作与人类的智慧合二为一时，就要惊叹这鬼斧神工的造物了。福建省明溪县的红豆杉，其主要成分紫杉醇是国际市场上抢手的制药原料，但是天然野生红豆杉的人工种植及紫杉醇的提取难度很高。环境系的陈建民教授于2003年研发了国内最先进的紫杉醇提取技术并申请专利,成功实现了人工种植红豆杉的全株利用,开创了工业化、规模化提取紫杉醇的历史,极大地推动了当地的经济发展。于是,这座植物园就成为"复旦–明溪生物制药"研究的见证,以及展示我国珍稀濒危植物保护成果的平台。

说它是海洋,环绕校园的湖畔可赏花、可观景,还可把人当成画。如果说邯郸路校区的美在于它的繁华热闹的话,那么江湾校区的美就在于它的婉约恬静。而具有灵性的复旦"海洋"一望无际,正是能够打动人心的地方。水域大了,不仅延伸出湿地,成为鸟儿们的乐园,引来络绎不绝的观鸟人群;而且在与公路相邻的校园外围开辟出休息区,免费开放给社会,成为市民闲暇赏景的绝佳之地。坐在明溪植物园里,看着眼前的连片湖水,头顶的风筝欢快地与人做伴,岂不美哉。若是碰上烟雨天,蒙蒙细雨打在身上,打不跑沉浸其中的复旦人,为如画的复旦又增添了别样的情调。我最爱此时闲逛校园。人行道上少了平日脚步的匆忙,多了一份心情上慢的从容,容易让灵魂跟上脚步。复旦人习惯了奔跑,就不会轻易停下脚步。此时,空荡的校园能为再也装不下东西的心灵带来强烈的冲击感,尤其是浩渺的水波让你感受到渺小,从而开始认真地思考和重新对待自己。有时候,心灵,得静下来才会有所感悟;生活,得慢下来才会有滋有味。

江湾校区的景观既是自然景观,也是人文景观。校友林就体现了二者有机互融的理念。复旦的校友遍布世界各地,成为各行各业的栋梁之材。王沪宁等一大批知名校友,活跃在国家的重要岗位上,成为当代复旦精神的重要表达。漫步校友林,依次可以看到复旦在世界各地校友分会的石雕。正是复旦的校友们在不同领域发光发热,才让复旦大学在国际上享有崇高的声誉。每一名复旦学子,在学校都深受复旦影响;走向社会以后,开始影响复旦。今日,以学生身份在复旦汲取日月光华;他日,以校友身份在社会彰显母校荣光。爱一个地方,就会不自觉地产生许多崇敬之情。因为母校就是精神家园,在心中永远都很重要。所以学生和学校之间的亲是一种无言之爱的亲。复旦校友的亲还有其自身特色。据美国对其本土大学中外籍学生获得博士学位者(1999—2003)的本科毕业院校的统计数据显示,复旦大学毕业生在美国获得学位的有626人,排全球前7位。这就从对外交流和学习方面,反映了复旦校友勇攀科学高峰的特点。

江湾校区是一个需要不断发现的学习场所。对我而言,这里不仅是陶冶心灵美的花园学校,而且是形成好想法的精神家园。若是不能欣赏它,岂不是有负于这美好年华?

通宵达旦

在复旦参加期末考试，真是几家欢喜几家愁。GPA（平均学分绩点）既能使人飘飘然成为大佬，又能使人落寞自惭形秽。前一种春风得意的心情自不用说，后一种伤心欲绝的情绪就要好好讨论一下了。在上海的霓虹灯下，好像到处都存在着悲伤的心情。你要是不自我振作，那就只能听天由命了。你若是想打一个翻身仗，靠心灵鸡汤是不行的，还得通宵达旦。这里的"通宵达旦"不仅指在自习室从黑夜到天亮的学习，更是指用一种正确的态度和方法来对待学习。

以夜继日的学习生活，除了能说明你正在通宵自习以外，似乎不能说明任何问题。许多没有上过通宵自习的学生，一见到身边有人彻夜未归，就在心中升起莫名的恐慌。于是就开始自我敲打式地反思："大家都这么拼命，我还这样不求上进，期末是肯定没得救了。"其实在那些通宵自习的学生身上也存在着另外一种苦恼。他们本来是想通过通宵达旦有立竿见影的成绩，但偏偏在下功夫的科目上考得不尽如人意。当初的计划落空以后，就开始自嘲式的伤感："从来没有这样拼过命,可依然拯救不了我的绩点。""反正通宵自习也不能挽回我的基础课,以后还是佛系吧。"

在我的本科阶段,一位好友也曾和大家一样热衷于通宵自习。他喜欢临时抱佛脚,尤其是在临考的前一天晚上,一般不睡觉,而是跑到自习室,把第二天要考的科目全部过上一遍,就能保证所考科目拿到很理想的好成绩。在我看来,熬一个熊猫眼就是他取得高分的主要秘诀。但当考试一结束,他就把所学知识全部又还给了老师。再问他所学的课程内容,一般会告诉我都忘光了。现在想来,他可能早就发现自己擅长短期记忆,于是大学里的考试就变成了他利用短期记忆钻空的场域。他虽然通过优异成绩拿到了我所在大学的全部奖学金,但我并不认为这样就是优秀的学生,也并不认为这样的学习方法和态度就是正确的。

我是属于那种比较笨的学生,只会死读书。我所理解的学习不可能像他那样轻松。我的节奏是,先制订出学习计划,然后让自己的屁股长出"钉子",坐上所谓的"冷板凳",按部就班地开始学习。但当我和他在一起上自习的时候,却发现他大多数时间只是在玩。要么出去长时间地溜达,要么做一些和学习无关的东西,要么无聊地想和我玩耍,要么为了赚钱干一些与学业无关的活计。有一次,他不知道通过什么途径接了一份在教材上找答案的任务。由于对方要求必须在一天之内完成,他就用给我多分成的方法硬拉着我来做。当时碍于情面,我就应承下来,但提出不能占用我日常学习时间的要求。那怎么办呢?我只能通宵帮他搞定这件事。事后,整整睡了一个上午,我才恢复常态。这就是我大学期间唯一的一次通宵经历。之后,我就彻底断了通宵的念头。

转眼之间就是毕业的季节。在人心惶惶的时刻,我更加坚定了考研的决心。我执意要走出"山沟沟",于是就报考了"大世界"的上海。我把想法告诉他,并鼓励他一起考研。我想,他的学业成绩那么完美,考研肯定没有问题。然而让我意想不到的是,他果断拒绝了我的提议:"我肯定考不上研究生。"当时的我是震惊的。现在的我通过一直求学的经历才逐渐想通了其中的道理。对于内心不爱学习的学生而言,想要获得好成绩就必须"耍小聪明""走捷径"。他们很清楚,这是不长久的。他们也不指望在求学的路上一直走下去。因此,他们的目标是在既定的要求和制度中获得最大利益。于是,临时抱佛脚式的通宵自习就成为最好的选择。而我当然也想让自己的成绩能拿得出手,可我从来没有这么功利性地对待自己的学业。我以为,拿成绩不仅仅是一项外在的要求,更是自己对自己求学过程的一种交代。当抛开那张成绩单,我也能自豪地说,"我大学期间确实收获良多",才能真正无愧于心。

你以为通宵达旦就是通宵自习吗?真的不是!通宵达旦是夜以继日地制造梦想的过程,将人置于思考的梦幻中,让头脑蒙上一层形而上的思想光芒,让人全身心沉浸在产生想法的快乐当中。而多少学生的通宵自习却是在睡意浓浓地打发时光。他们假装自己正在学习,其实是以此为借口逃避内心的不安和惩罚。

我也经常通宵达旦,只不过不在自习室,而是在床上。除了例行公事的"吾日三省吾身",我在睡意蒙眬的情境中更容易放飞自己。此时的胡思乱想也成为人生的一种趣味,尤其是当完成一天的学业,身心俱疲的时候,躺在床上"胡思乱想"就会成为人生最大的乐趣。在憧憬未来的过程中,不妨把明天要做的事情合理规划一下,瞬间会觉得一切都被安排得如此完美。我喜欢这样生活的节奏。尤其是我把学习当成生活,让生活的节奏紧紧跟着学习的脉动时,就会很开心。

作为复旦学生,确实需要有通宵达旦的精神。只要对学习抱有持之以恒的积极心态,即使遇到学业上的羁绊,也不会轻言放弃。因为你在达旦通宵地思考着,从而会不断突破局限,超越自己。

新憧憬

博后后记

佛说,前生的500次回眸,才能换得今生的擦肩而过。我与复旦的缘分,定是无数前生回首回眸的结果。这还得从我的博士后合作导师说起。

肖巍老师是我的博士后毕业论文答辩委员会主席。在他这里,我结束了难忘的博士阶段求学生涯,又开始了激动人心的博士后科研工作。

从商议研究的选题,到推敲研究的细节,再到完成研究的内容,通过老师一步步地引入,我逐渐推进所确定的研究进程。

我是后知后觉的人。对于学术研究,我总是不得要领。而他并未因此弃我不顾。我曾将数篇论文拿与他看,心中忐忑不安。看到他的反馈意见,我又是感动又是汗颜。他不仅在内容框架上点化我,更从语言格式上启发我。之后的写作,我就严格按照这一规范,不敢有半点马虎。在数次课题申报时,我也领受了他一如既往的教诲。老师平时工作很忙,还要关照我的学术成长,着实让我感动万分。

他不仅在学业上指点我们,还在思想和生活上不遗余力。我家里的"麻烦事"总是很多,免不了要请假回去解决各种问题。他总是爽快答应,还不忘叮嘱安排好一切,并问候我的家人。我能碰上如此开明、宽容、和善的老师,乃我一生之福。临近出站之际,他还尽心尽力地帮助我解决工作问题。他就是改变我命运的人。

老师对复旦生活深有感触,他曾说过:"我特别留恋学校人来人往、生气勃勃的气氛。"当我看到这句话时,内心激动得热血沸腾。我也是如此。我不仅喜欢复旦自由热闹的校园氛围,还特别钟情清晨的缕缕阳光落到林荫路上的感觉。这总能让我想起拉斐尔的名画《雅典学派》。画家没有刻意彰显智者们的学问高低,而是让他们自由而平等地交流、讨论和争鸣。谁都可以通过独立的思考来表达对真理的理解和领悟。老师亦是这样指导我的学业。他没有干预我的研究,而是给我预留了充分的探索空间,使我能放开手脚做自己想做的事情。于是,我才会有光阴似箭、日月如梭的感觉。这是我在复旦求学的生活感受之一。

不知从何时开始,我就喜欢记录自己的生活感悟。《复旦日记》系列就是复旦给予我的一种启发。这在阳春白雪们看来,将之放到学术论文和科研项目面前,可能连江湖撒野也算不上。可我就是一个不太入流的下里巴人,从没有正经习得过庙堂里的屠龙之术,更不知十八般武艺为何物。幸运的是,复旦人也没有因此看不上我。我"若无其事"地该干什么就干什么,继续买渴望已久的"心肝"之书,继续"逛"想读的杂书野书,继续写一些无聊无用的东西,继续应付不痛不痒之事……我确实有些不务正业,但我也是有原则、有底线的人。学校规定的出站要求,与导师协商的研究内容,我都尽最大努力来完成。

从以"法律评价"为对象的研究,到以"人权价值"为内容的转换,确实要重新开展一些工作。幸好我都是在马克思主义领域,以哲学的方法研究法学的问题,以此来展开交叉学科研究,跨度相对而言不算太大。前者是用评价论范式分析司法机关行使职权的作用机制,后者是用价值论范式分析作为价值问题的人权现象。在与老师多次讨论之后,我先是聚焦人权与价值的关系研究,随后以人权价值为具体的研究对象,展开了人权价值的实现问题研究,先后获得了两个课题资助。在博士后生活即将告一段落之际,我又以人权价值的问题研究为切入点,继续深化关于人权价值的研究内容,试图构建一个关于人权价值的价值论体系。

人权问题是老师关注的一个研究领域。我结合以前的研究背景、学术训练、知识传承和个人兴趣,逐渐将研究对象由人权转换为人权价值,将研究范式由权利范式转换到价值范式,有目的性地将人权研究从权利层面提升到价值层面,从价值论视域展开对人权的系统理论研究,从而形成对人权问题的全新解读。这既是我的学术旨趣,也是我向老师的学术承诺。滴水石穿非一日之功,学术积累和传承也有一个发展和进步的过程。尤其是对一只脚刚踏入学术圈,另一只脚还不知如何安放的我来说更是如此。这个兴奋的阶段过去之后,总要开始寻找自己的学术研究领域,构建自己的学术理论体系。这是独立展开研究的必经之路。而这两年的努力,以及过往的求学历程,都是为了实现这一目标。

一路求学一路恩。我的博士生导师对我的博士后研究工作给予了长时间的热情指导。他不仅关心我的学术成长,而且关照我的日常生活。与他交流我的文学涂鸦,也是生活中的一种乐趣。我的硕士生导师和我的本科生导师,也一如既往地关注着我的成长。我所取得的每一点进步,都离不开他们曾经的培养和点拨。此外,上海大学和山西农业大学的部分老师,也都不时地询问我的近况。尤其是《上海大学报》的老姐和 X 老师,在我离开之后继续发表我的散文,使我深受感动。

复旦的老师们更是对我关爱有加。学院博士后流动站的教授们,在我进站答辩、开题汇报、中期考核、出站报告等环节,提出了建设性的指导意见。学院的院领导、教研室、行政、教务等老师,在日常生活等方面给我提供了诸多便利。复旦马院就是我的家。从这里开始,我会用心做好本职工作,阳光快乐地与学生们一起成长。

复旦的博士后群体也给我带来了许多温暖和快乐。与叶子师兄的交流使我获益良多。学院的博士后师兄师姐们,都是我求学路上的良师益友。经济学院、哲学学院、法学院、管理学院、社政学院、新闻学院等博士后同人,访问学者 QH 教授等人,都在学术探讨、日常生活中对我多有关照。尤其是LHJ 师兄让我在上海嘉之会律师事务所实习,解决了困扰我十年之久的律师执业问题。

"曾经肖"是一个温暖的大家庭。W"大神"的引荐,坚定了我拜师的决心。"水饺疙瘩汤"的勤奋好学,使我深受启发。"复旦绿"的早安,让复旦的早晨总是有些与众不同。"石敢当"的正气磅礴,让我汗颜。与 L"大腕"的交流,让我对生活有了更深刻的认识。Y 师姐的帮助,让我感受着复旦的人文关怀。C 师姐的提携,使我感到生长在这个大家庭的幸福。与峰师弟、桃师妹的数次偶遇,让我感受着青春的活力和美好。还有与"复旦翼"等同门的在线交流,让我大开眼界。

即使写得再多,此间的求学感悟,都是无法尽兴尽言的。只有常怀感恩之心,用仰望的姿态追逐复旦的星空,才能不负这两年的求学熏陶。

与君有约

与君一别数十载,君若有知可辞恨。

君曾诫子,学以静心,习应守之。非坚守无以所成,非自强无以立足。诸葛亮有云:"非淡泊无以明志,非宁静无以致远。"皆为父子,情深意切。年少得恩赐,盼早要努力,日月常追赶,何来伤悲叹。

少无厚德,更无异产。虽贫不自贱,虽低不自轻。君又劝子,天下之大,能容其身。唯学能识之,唯习能成学,唯仕有前途。此为光宗耀祖之不二法门。是故诫子,须学方能转运,意坚还须志笃,博闻尚且广记,方通独木之桥。

人微言轻,忧惧是非。自高中离开家舍,不问家事,只顾学习。不谙世事,荒废人情,只读圣贤之书。盼有朝一日,能出人头地,宽慰父母之心。大学光阴,如白驹过隙。君不时来探,教子切问师生,方能有所进步。君之肺腑,莫敢不从。然谆谆教诲,竟与日去,不复日习。

福祸在天,非人力所及。沪上之约,终成憾事。子遵君命,战战兢兢,一日之光，分秒必争。君若所见，能解其情，能知子意，能宽人心。然君在天，怎解英年早逝，怎知沪上有子，怎了母子余生，怎付未竟之事！

沪上光阴十余载，念之想之朝朝暮暮。晨读时感君伴读，午睡时梦中相会，黄昏时悲中念君，子夜时独与君话。时有淫慢，焦躁狂乱，不能怡情，君来鞭策。学习不能破，骄逸不能有。人生如逆水行舟，不进则退。

长兄当如父，立门楣成大事。男儿有岁，胞弟婚期近在咫尺。若不敬事，遭人笑柄事微，愧对天地事大。母再三有言，拼命筹措，了此心愿。沪上之子，读书借款，归于一处，乃可成事。奈何力尽身困，自知无能，少不接世。幸天之所助，地之所成，逢心顺意，好事自来。

风水轮流转，数载有一刻。子在沪上成婚，盼君共赴前约。与君共赏复旦美景，为君道来日月光华。谁言人生无常？风轻云淡，四时有情。星辰璀璨，明哲于心。往昔教诲，历历在目。人生有行，芳华有道。可知君意，可宽君心，可解君情，可安君命。

沪上一朵金花，花落古耿任家。蒙恩宋府荫泽，将来何以为报。贺者纷纷，闲门如闹市。言之喜庆，不在话下。盼君见媳，怜爱有加。天伦之乐，莫不有之。奔波数载，忠于一人。举案齐眉，从道相合。

君若有灵，欢乐相交。以此祈告，配天之德。

生活留白

在复旦求学，要给自己的生活留下想象的空间。用一个艺术词汇"留白"来表达，就是"给你的大学生活留点空白"。

刚进入大学的本科生往往对一切事物都抱有激情。好不容易摆脱了高中填鸭式的教育，迎来了丰富多彩的大学生活，这下子就可以在复旦的舞台上一展身手了。学校的学工和团委早就为新生们准备了形式各异的社团活动。如果不参加一两个感兴趣的社团，总感觉自己上了一个假的复旦大学，于是一窝蜂地扎堆到形形色色的社团活动当中。这种情形在新生选课的战场上更为明显。教务处除了安排专门的入学教育以外，还连续多次开放选课系统。如果有同学选不上特别想上的课，向教务处申请。教务处就会根据申请的理由决定是否批准。根据成功申请的经验之谈，只要你的理由真切、感人、执着、坚定，总会如愿以偿。如果还是选不上，这些同学会焦虑到请任课老师想办法解决。老师们面对一个个可爱的脸蛋、一双双可人的眼睛，总是忍不住向上打报告，要求扩容自己的班级。其实，选不上课的同学真的不用心急,因为下个学期还有选上的机会。但同学们就是有计划地完成自己的学业,要上的课不能在本学期落下一门。这学期看来是没有留下空白的时间,用来逃离当下的忙碌了。

忙碌确实是大学生活的主基调,但留白也是大学生活不可缺少的色彩。当你忙碌了一阵子,达到了自己想要的结果,自然会有欣喜若狂的感觉。但这种状态不会持续太长时间。你会发现,你需要新的目标。在新欲望的驱使下,你又渴望新的作为,想要获得新的成长。只要你把欲望当作梦想,就会不断重复这样的感觉。如何才能摆脱不断膨胀的欲望?先让自己安静下来,什么也不去想。感受一下美丽的复旦校园,关注一下从来没有留意过的小花小草,让疲惫的身心随着节奏的放慢得到舒缓。若是觉得自己的身体被学业折磨得每况愈下,就索性通过锻炼的方式彻底放松一下。这样的"留白"其实是一个"加油"的过程。你的身体是你"战斗"的主阵地。你不能光想着利用它、榨取它,你还需要让它得到充分的休息,然后你再继续投入到繁忙的学业当中。在复旦大学求学,肯定要适应快节奏的生活。但你要有意识地为自己创造闲暇,用以缓冲繁忙造成的伤害。不管是你的身体,还是你的精神,哪一样不健康了,你都感受不到求学的乐趣。只有你在求学过程中不断感受着张弛有度,你的求学生活才会具有艺术性。

为自己的大学生活留点空白,其实很简单。你只需要放下过多的欲望,静下心来做点该做的事情就可以了。那什么才是非要做好的事情?如果搞不明白,就会出现本末倒置的情况,还总也弄不清楚自己到底想要什么。除了完成基本学业,还要选修一些自己感兴趣的课程,阅读一些令自己着迷的书籍,感受一下纯粹的读书生活。因为你若真的不知道自己以后想成为什么样的人,你就在读书的过程中为自己留一扇窗。通过这扇窗,无论外面的世界如何光怪陆离，又怎样变化万千，对你来说都可以置身事外，又可以与之相通。这样的留白为你预留了不断探索的空间。在日益功利化的生活当中，当你这样守望着自己时，或许你就找到了求学的真谛。而那些忙碌于与学业无关的人可能遗忘了求学生活的本来面目。

要是你觉得自己还陷入追逐的步伐，怕在学业上落后于人，而拼命往自己的生活装进各种不想要的"知识"，看起来好像自己很上进、很充实。那就要赶紧做一些改变了，因为这样的做法显然是很不正确的。你只是把学习当成了一种工具，当你获得了这些"知识"完成"使命"，就会无情地将其抛弃。然而生活中的留白不是这样。你无法利用它满足你的欲望，却可以在留白中怡情悦性。生活总在以留白的方式让你超脱当下，获得自在。这是一种智慧的生活表达。而你不可以不注意到这一点。

委曲求全

"活着很累"，很少有人没有体验过这种感觉。生活如果能够苟且，那就对自己委曲求全。或许，这不是一种逃避，而是一种激励。

天下没有不委屈的人生。就拿在复旦的工作和生活来说，总体基调是愉快和幸福的，但也时刻在感受到无形的压力和焦虑。生活对于工作而言，显然要放到第二位。站讲台授课的能力，要在头两年锻炼出来。评职称的任务更为艰巨，并且相对于前者而言，更为要命。要是还没有成家，还得一直拖着青春的尾巴，一心扑在工作上面。对于高校的"青椒"们而言，立业好像要比成家更为迫切。你总得先赚点钱养活自己。在力所能及的情况下，再开始慢慢攒钱，然后经过若干年的奋斗，摆脱蜗居的状态。当经济上开始独立时，说不定，会有异性对你感兴趣。在这漫长的孤独期，很少有人关注你的生活状态，也很少有人关心你的情感问题。你却要默默地承受着这一切的人生际遇。你是否感觉到了委屈？

人生的奋发就是靠着种种的委屈支撑起来的。弱者容易迁就生活，尤其是来大城市工作的农村娃,为了留下来,更容易对自己委曲求全。在举目无亲之地,你一无所有。你想找一份稳定的工作,拥有一个稳定的生活。然而你的工作中有太多身不由己的事情。你想专心做点事情,却总是被各种闲杂小事缠身。你把事情做好了,领导认为你能力强,对你的要求也随之变多、变高。你反而要更加拼命地干活,来适应新的工作要求和节奏。卖力上班的人反而更加辛苦,于是你觉得一肚子委屈。可这就是工作的常态。如果你没有把事情做好,还有可能被责骂。你只有不断暗示自己,再坚持一下就好了。漫长的坚持逐渐改变了你劣势的命运,也让你付出了巨大的代价。

人生在世,确实会遭遇各种委屈。有人天生就是乐观派,对生活充满友爱。他们认为,不管你接受不接受,面对种种的委屈和不如意,要积极地看问题,通过改变自己从而接受环境。这话不可谓没有道理。但如果你是一个悲观主义者,那又如何来摆脱当下的委屈呢?你做不到一笑置之,你做不到超然待之,你做不到一忍再忍,你做不到平心静气,你决定不再委曲求全。因为你终于走到了无路可走的尽头,才突然意识到,委屈从来都求不了全。你决心选择换一种全新的活法。你委屈了当下的小我,顾全了生命中的大我。虽然是在黑暗中摸索,你却勇敢地展示了自己的行动和态度。不管以前的决定是对还是错,你都主动投入到下一秒的追求当中。既然选择改变自己,就要对得起自己。于是,在所选择的道路上,对自己遇到的每一件小事负责。即使遇到磕磕碰碰,也被认为是前进路上的小插曲,有勇气去解决。全新的人生就这样拉开了帷幕。

对待委屈,有时候是一种生活认知。你若把委屈当成了拦路虎,就荡平不了人生的坎坷。但是你若把委屈当成了试金石,就会感受到经历过艰难后的喜悦和美好。对待委屈,有时候,还是一种人生态度。谁一生下来都不是强者，都要经历由弱变强的过程。委屈就是你由弱变强的人生财富。尤其是当你变得强大以后还会发现，原来之前的委屈就那么一回事儿。若干年后，你再说起来，或许那些委屈都不叫什么事儿。

由此看来，人活一世，不仅要懂得妥协和让步，还要给自己留好种种后退之路。当遇到不顺心的事情时，不妨委曲求全一下，给自己找一个超脱的理由。

学会改变

学会改变自己，是我在复旦成家之后最大的感受。

人在一无所有的时候，最不容易患得患失，也不太会有改变自己的想法。此时，不管认定了什么目标，都会义无反顾地往前冲。这是我成家之前的状态。

对当时的我而言，立业显然更加重要。为了能找到一份体面的工作，拥有一个值得憧憬的未来，不管日后能否成功，咬定一个目标就会一直做下去。反正也没有获得什么，更不存在失去什么。只要肯吃苦，就总有一条生路。人在绝境之中，反而会对希望抱有最大幻想，也能在走出绝境的过程中得到最大的收获。我在即将完成复旦的博士后学业的过程中，就反复交替地体验着内心的这种波涛汹涌。一会儿觉得留校不是没有可能性，一会儿认为这种想法有些不切实际，一会儿又开始给自己找种种后路。当时的改变，对我而言，需要莫大的勇气。

得知留校以后，我没有如他人所想的那样，充满了惊喜和兴奋，而是感觉压力很大。因为我知道,我马上就面临着一个更大的改变——从学生身份到教师身份的改变。漫长的读书,乃至在做博士后的期间,我都可以静心地看书、写论文,不会被其他事情所困扰。可是当了老师以后,我就要开始备课和上课,还要在课下和学生们交流学习上的问题。有时候,受邀当学生课程论文的指导老师,再和学生认真探讨一下如何看书和写论文的事情,这样时间就所剩无几了。在忙里偷闲的时候,自己还要花费很大的力气,把已经有些荒芜的科研捡起来。学校里的各种科研申报任务接踵而来,不用心准备也会寝食难安。但花费时间和精力申报了,也未必就会成功。不时地,还会有一些琐碎的行政任务要做一做,这也是保证教学和科研能够正常开展的重要工作。但日子就在这悄无声息的改变中偷偷溜走了。

我好不容易结婚了,终于可以好好生活了。却发现除了面临教学、科研和行政的种种压力以外,还得用心处理好小家庭的日常生活。一个人的日子总比两个人的生活要容易一些。两个人在一起,马上就面临着谁来做饭,谁来做家务,谁来承担家庭日常开销的问题。还会面临着来自双方家庭相互磨合的挑战。诸如,照顾双方父母的问题等。这些生活的新改变,都是对我们的考验。我们要逐渐了解对方的"三观",适应对方的饮食结构,接受对方的生活习惯,最终融入到对方的真实世界当中。

兰花是通情达理之人。每天一下班,回到家里的第一件事情就是开始整理家务,打扫卫生。她也是爱干净的人,容不得房间有半点邋遢的感觉。我本以为可以不用在地板上面再花费时间了,可她的扫帚所到之处,又凭空多出了许多灰尘。这让我紧锁的眉头不能轻松地舒展。我在打扫卫生方面也是不甘落后的一个人,难道就这样坐享其成?我怎么能容忍这样的事情发生呢。于是乎,我不屑一顾地发表不满和抗议,"既然你这么勤劳和能干,那索性把所有的家务活全部都包揽了吧"。她就拿起扫帚追着我打,全然不顾这是家庭暴力。还好,我每天的跑步都不是做个样子的,打不起我就躲。

让我窃喜的是,兰花欣然接受了我的饮食习惯。我们在一起的时候,我就换着花样给她做各种好吃的。今天给她做个拔丝香蕉,明天给她做个烤肉片,后天给她做个生姜苹果梨汤。其实,这些都是我想吃的东西,我就把自己的爱好强加在了她的身上。我每次问她"好不好吃"的时候,都是故意这么一问。因为不管好不好吃,她都得吃。要不然我们就一起吃食堂吧。她总是反问道:"你明知故问!我敢说不好吃?!我说了以后,还会有下一顿?你这是逼我自己做饭嘛!"一阵满足感油然而生。

夫妻之间在一起生活,就要做好不怕麻烦的心理准备。有时候,兰花觉得身体不舒服了,我就要自觉地陪她去医院看病。这个当然花费时间!但我愿意陪着兰花一起去检查身体。这不仅仅是责任和义务的问题,而是我要用心把她的一切都认真当成一回事来对待的问题。我要让她感觉到,身边时时刻刻都有一个人在乎她。她进去做各项指标检测的时候,我就在外面静静地看书。等回到家里,就让她按照医生的嘱咐好好地调理。生活就是添油加醋的机器,故意给两个人制造一些麻烦,让我们一起面对和克服。在共同经历这些事情的过程中,我们才会更加珍惜彼此。这也是改变带来的收获。

兰花是复旦培养出来的本科生。她在这点滴的日常生活中,让我感受着柴米油盐酱醋茶的简单快乐。拥抱能给自己生活带来这些改变的兰花,是复旦恩赐我的一份难得的幸运。我愿意和她一起,在复旦文化的熏陶下,勇敢地成长为能够掌握未来的复旦人。

🌸 拥有故事

在复旦求学,能拥有自己的故事,还能通过讲述让人有所收获,也是一件了不起的事情。

许多学生不愿分享自己的求学故事,不是因为不想分享,而是不敢回首自己的求学生涯。不提起,是因为没有勇气面对过往的求学生活。

其实,在这样发问时,我们已经在对曾经走过的大学生活进行反思了。这是告别一段人生经历,开启一段新的人生旅程时,都会展开无意识思考的表现。许多人把追问和思考,仅停留在"我求学期间到底获得了什么"上,而忽略了"如何正确看待求学过程"的问题。前一个问题局限于在知识层面到底收获了什么的质问当中。就像一个中小学生回到家里,父母总是问:"你今天学到了什么知识?""你这次考得怎么样?""成绩是多少?"他们却很少问:"你今天问老师问题了吗?""你觉得上课有收获吗?""你上学开心吗?"后一种问法是通过关心学生在场的学习情境,引导学生关注学习过程的教育实践。其实,对任何学生而言,都不能通过学习成绩来一票决定学生的学习情况,以及学校教育的质量。然而现实情况并非如此。在只关注分数的教育体制下,学生只有拼命"刷题"的经历和经验,多少学生能够拥有自己的求学故事? 又能把这些故事记录下来? 更何谈分享自己的求学故事!

莫言2012年获得诺贝尔文学奖,在瑞典学院所作的文学主题演讲是《讲故事的人》。他说:"我是一个讲故事的人","对一个作家来说,最好的说话方式是写作,我该说的话都写进了我的作品里。用嘴说出的话随风而散,用笔写出的话永不磨灭"。他说的这些,同样可以适用于求学的阶段。每个学生都应回顾一下,自己到目前为止做过多少试题,又有多少试题依然记忆犹新? 这些试题就像那些随风而散的话,耗费了我们主要的时间、精力和金钱,却只被当作升学的工具。当被功利性地使用以后,就果断弃之,毫不可惜。整天学着日后不一定能够用到的知识,岂不可悲? 整个求学阶段都沉浸在这样的忙碌当中,当然会逐渐感到疲倦和厌烦,当然会失去继续求学的兴趣和努力。在我看来,求学阶段最重要的是培养学习能力,而不是记忆课本知识。并且学习能力的培养只能由学生自己获得,教师只是起了辅助性的引导作用。这是自学成才的关键环节。学生在自我塑造的过程中,就会产生不一样的学习心得,还会主动分享自己的学习方法。这就是讲故事的阶段。

学生可以在漫长的学习实践中,通过摸索自己的经验,主动讲好自己的故事。对我而言,主要有如下感受:其一,必须有自主学习的能力,能把所看到的具体知识转化为举一反三的学习方法,把学习内容转化为学习能力。其二,能把求学的视野从关注"学了什么"扩展到对求学过程的反思。其三,还要不断总结和记录自己的求学得失,把这些素材以讲故事的方式表达出来。我是直到研究生阶段,才开始有这些意识的。当老师对学生采取"放羊"化管理的模式时,我就意识到,仅靠课堂内容的学习已达不到写论文的要求了。我就开始认真阅读老师们推荐的书单,有目的地培养自己分析问题的能力。除了学业,我还开始关注和研究学习与生活之间的关系。我不仅把毕业论文作为我的研究对象,还把家庭、成长、兴趣、择业和实习等作为我的思考对象,并试图分析前者与后者之间的关联性。我还会把求学生活中的点滴感悟,以诗歌、散文和小说的形式记录下来。对于看到的人而言,这些小文章就是一篇篇求学期间的心灵鸡汤。可对我而言,它们既是记录生活的文学载体,更是讲述故事的话语表达。虽然我讲故事的水平极为有限,可我为自己在求学期间能够拥有这么多的故事感到兴奋,更为自己讲了这么多的故事感到幸运。

在我看来,每一个复旦人都拥有许多精彩的故事。那何不讲出来呢?

🌸 我要完美

　　生活在复旦的校园里,总能感觉到身边人的优秀。优秀的人总想追求完美,力求事事都顺心,样样都如意。用心观察,就会发现,在我们的身边,每天都上演着无数个完美的开始、完美的进行,又完美实现心愿的故事。

　　又到一年的期末考试,学霸们都想延续往日的辉煌。他们为自己制订周详的学习计划,紧张地投入到没有硝烟的战斗当中。他们力求所制订的计划都能100%地落到实处,好让本学期的GPA毫无悬念地保持在可控范围之内。这就意味着,不能给身边的竞争对手有任何可以赶超的机会。他们的潜台词,似乎已告示了天下:优等生的复旦故事早就是没有任何更改余地的完美剧本。接下来要发生的,是已经注定会发生的,一切都应该按照设想完美地进行。那种因为偷懒松懈而导致学业退步的情况是轻易不允许发生的。当然了,更不允许出现因为智商不行而不如他人的现象。

　　对于学"渣"们而言,一次次的期末考试,堪比正在遭受惨绝人寰的酷刑。难道优秀是某些人的专利? 难道考试一开始,我就不行啦?! 即便是弱

183

小、可怜又无助的我,也想拥有学霸们的世界。谁说拥抱完美,只可能是学霸们的人生。我的生活虽然平淡,那颗想要一样优秀的心却从来没有泯灭过。虽然不能轰轰烈烈地演绎我的复旦剧本,却可以暗暗较劲地迎头赶上。我当不了复旦星空的繁星,也可以成为复旦花园的小草。迟早有一天,我这棵小草也能长成参天大树。于是乎,不甘落后的身影咬紧牙关,拼着命地往前冲。在复旦,学霸们对完美有自己的定义,学"渣"们也有不一样的看法。谁说完美就会一直定格成永恒?这复旦的天下终究也会有我们这些人的一席之地!君不见,黄河之水滚滚来,三十年河东,三十年河西。

你也想要完美,我也想要完美,大家都想要完美。偌大的复旦校园,上演着热热闹闹的争"美"比赛。一直优秀的学霸们凭借着先手的胜势,向人生的巅峰大踏步走去。不甘落后的学"渣"们创造着后发的优势,在披荆斩棘中展示着自己的实力。在光阴似箭的求学生涯当中,大家都在拥抱自己的完美。在拼搏的年纪,确实需要一往无前的勇气。此时此刻,你都不能让自己变得优秀,你都不能感受到什么是完美,难道等撸不起袖子的时候,再悲天悯人地感慨余生吗?

复旦就是一个竞技场。每一个复旦人都应感谢身边制造压力的人,感谢此生能够遇到这么优秀、这么完美的人。和他们在一起竞争,确实异常残酷,但得到的却是成长。试想,如果我们在复旦遇不到这些人,安于眼前的苟且又有什么意思呢?

在求学过程中,让追求完美成为一种习惯。人生路上的受挫、积蓄和拼搏,对于成长非常重要。相反,那种贪图享乐的人,安于现状的人,习惯被保护的人,是经不起任何挫折的。这些人没有不服输的雄心,没有不放弃的毅力,没有不甘心的勇气。想让他们做出一点成绩,恐怕比登天还难。所以一定要让追求完美成为人生的动力之源。这样，在今后毕业，踏入社会时，也不会一下子不适应外面世界的残忍。

请让自己完美起来。

复旦会因为大家的追求完美而更加充满活力。

求学勇气

在复旦求学，是需要勇气的。

对于很多人而言，从小没受过良好的教育，随着年龄的增长，才慢慢地意识到教育的重要性，然后突然迈开步伐，想要拼命朝前赶，也是一种求学的写照。

在这样的人生境遇中求学，不免会对求学之路存有迷茫。一种情况是，身边人都在上学，自己不上的话，就会被孤立。于是，把求学当成日常生活的一种必经过程。当学业结束后，还得随波逐流地踏入社会，自谋生路。另一种情况是，很早就认识到名列前茅的好处，把求学当成肯定自我和不断进步的一次次证明。在不间断的考试和升学中，使求学成为改变命运的途径。

不管是城市里的孩子，还是来自农村的娃娃，都会面临各种求学的压力。有所不同的是，农村的教育资源要比城市贫瘠得多。在城市里，学生们追求一个好成绩，相互之间攀比的因素可能要大得多。而在农村，学生们收获一个好文凭，主要是为了解决生存上的问题。不管面对哪种具体的问题，

186

都会在学生的心目中产生种种无形的压力。有些学生迫于压力,过早地结束了学业。有些学生走向社会以后,又意识到了学习的重要性,重新踏入学校。这也需要极大的勇气。

我既属于在农村从小学习成绩不好的,又属于之后意识到学习能够改变命运的,还属于从社会再返回学校读书的学生。对我而言,求学就呈现出复杂的多重意义。我既想靠求学改变卑微的命运,又想靠求学解决基本的生存问题,还想靠求学从事喜欢的工作。这就意味着,在别人眼中的单纯求学路,我却想尽一切办法将之榨干,为我所用。这是多么不可思议的功利主义想法啊。但对我而言,确实有过这样的想法,也真的拼命在求学上下了功夫。可惜,在我身上,一直存在着底子薄、根基浅、麻烦多的问题。一边想要好好学习,一边还想赚点小钱。一边想挤入优秀者的行列,一边不肯下功夫坐冷板凳。一边从事科研教学工作,一边搞着自己小爱好的副业。求学路上总是存在着这么多的矛盾,让人左右为难,不得要领。

我的这些小心思,导师岂能不知?

在我博士阶段临近毕业之时,开始紧张而忙碌地找工作。此时,最希望导师能给我一些指导意见,如果能再帮忙找份工作,是再好不过的了。我总是喜欢痴心妄想。而我估计,导师的想法是,在求学阶段把学业完成了,论文发够了,就不愁找不到好工作。这个还要导师出马吗?我当时找工作的情况是,有几家自认为不错的大学有意向招聘我。我怕不保险,就同时报考了复旦的博士后。结果复旦这边的导师也乐意收我为徒。于是,我就征求博士生导师的意见。想不到,导师言简意赅地说,既然和复旦那边确定下来了,就安心地做博士后吧。导师还对我说,再做个博士后出来,说不定还有可能留校任教。面对当下工作的诱惑,考虑到未来的各种不确定性,我陷入了两难之境。可导师是真心为我，师命难违，还是去了复旦，从了师命，继续坐冷板凳吧。

复旦的导师带学生的风格自成一体。学生自主性强的，就给一片自由发挥的天空。学生实践能力强的，就尊重他们的自主选择。学生有特长爱好的，就让他们随性随心发挥吧。只要不耽误正经事，你们想干什么就干什么。我估计，导师倒是想看看，我们这些学生到底能够蹦跶出什么模样来。

他只是暗中观察。

如果有美事，就乐观其成。如果有麻烦事，就赶紧处理。复旦这边的导师和我的博士生导师一样，都有敏锐的洞察能力和高超的预见能力。你最近做了什么事。他们一问，就大抵知道你的思想状态、学习情况和日常生活，然后因人而异地进行分析和引导。总而言之，要让大家在紧张而忙碌的学习之中，又能感受到老师亲切而严肃的关怀。当那些不好好用心的学生被导师叫去的时候，就没有勇气去敲办公室的门。书也没有看，论文也没有写，承诺也没有完成，要求也没有达到，到底该汇报什么呢？又从何说起呢？那就顶着让导师骂的心态，慷慨激昂地赴难吧。

有很多学生就会被导师批评，例如，你这论文写得标题不行、逻辑不通、证据不足、内容空泛、言辞浮夸、生造词汇，这个像什么样子，这样下去，估计连毕业都成了问题。可是我的导师从来不说这样的话。他会把你的论文从格式到内容修改得让你自惭形秽。如若你还是态度不端正的话，那就只好自觉地申请退学了。他对学生严格要求，但从来不强迫学生干事情，而是通过自己的身体力行，让学生知道自己应该做成什么样子。如此的仁心仁德的好导师，今生碰上真乃福气。

与这样的导师打交道,更加需要勇气。我自己不行,就要更加努力,不然哪里还有勇气和脸面再去找他。

我想,在复旦求学的其他学生也会有同样的感受吧。

那就鼓起求学的勇气,在千锤百炼中闪闪发光吧。

一朵兰花

花儿总是喜欢生长在肥沃的土壤里。但是在复旦的花园里,却有一朵与众不同的花。当众多的花草对肥沃的土壤趋之若鹜的时候,它开始环顾自己生长的环境。在久久地凝望之后,它在内心发出疑问:难道自己从小生长的地方不丰饶吗? 干嘛要再去占有更多的土地,拥有更多的肥料。

这个小小的疑问曾长时间地困扰着兰花。

它生长的地方多么漂亮呀! 这里既有迷人的小山,又有长流的绿水,还有耸入云霄的大树。当它还不知道这一切意味着什么的时候,小山就已经用自在的眼神注视它了。绿水用甘甜的乳汁哺育着它,还有大树用关爱的怀抱环绕着它。在这年复一年的岁月里,这朵小小的兰花在安静地萌发。

大家都很喜欢它。它现在还是一个惹人怜爱的花骨朵,正在含苞待放着呢。

它靠在小草的身边,听小草给它讲述这座花园的秘密。花园里有很多它不知道的故事。有些故事让它感到害怕,有些却迷住了它。它没事的时候，就是喜欢往小草这里跑。小山大声地对它说："你跑慢一点。这花园里的故事多得讲不完，不要着急呀。"小山的声音回荡在空旷的山谷里，长时间地回荡在兰花的耳朵里。绿水就笑了："这些故事又不会跑掉，你着急啥呀。看把你乐的这个样子！"绿水哗哗啦啦地爽朗笑着。大树沉默不语，用它的身体摇摆着绿叶，为兰花送来了阵阵和风。

兰花对花园的故事知道得越多，就越喜欢它。

兰花虽说和大家相处得融洽和睦，却总感觉周围的花朵和它不太一样，和它一起成长的花朵都在悄悄地发生变化。有些花朵在不经意间开花了，有些花朵到别处的土壤里安家落户了，甚至还有些花朵无声无息地消失了。只有它一直是一个可爱的花骨朵，整天一副无忧无虑的样子。

有一天，小草突然对它说："你怎么还是一个花骨朵呀？你看，别的花骨朵都盛开了，有多美呀！"兰花不假思索地笑开了："那就让它们开吧。我这样也蛮好的。"小草摇摇头："不是这样的。你看开花的那些花朵，都陆续到土壤肥沃的地方去了。不然它们怎么会这么快地盛开！你不是也应该这样做吗？"可是，兰花从来没有想过这个问题。一时间，它不知道该如何回答。

但是经过小草这么一说，兰花突然意识到自己好像与其他的花朵不太一样。它一直处于含苞欲放的状态，从来就没有想过，有一天自己会灿烂地盛开。

当兰花有了这样的感觉后，它就开始不太开心了。

不管走到哪里，它都开始感觉到有异样的目光。小山好像在嘲笑它，绿水好像也不想理它了，大树更不再用柔软的枝条抚摸它了。好像一切都变了！

就在兰花认为,熟悉的往日已经一去不复返的时候,花园里来了一个陌生的花朵。

这是一朵蝴蝶花。

蝴蝶花是慕名而来的。它早就听说过,复旦是一个很大很大的花园。这里既有大山大树,又有绿水绿地,还有名目繁多的花卉草木。生活在这里该多么令人向往啊!

从来没有来过复旦花园的蝴蝶花,在自己的脑海里想象着一派欣然繁荣的景象。这里的大山该有多么高大呀!应该是一眼看不到全貌的那种。这里的大树该有多么魁梧呀!应该是好多人都抱不过来的那种。这里的流水该是多么悠长呀!应该是走多远都看不到尽头的那种。这里的花草该是多么茂盛呀!应该是能想到什么就会有什么的那种。那生活在这里,肯定会大开眼界的!

刚来的那段日子里,蝴蝶花沉醉在新鲜的感觉里。它眼里的一切都是这么地富有朝气,让它只想与花园里的一切花草交朋友。在很短的时间里,它就交了很多好朋友。这些朋友每天都早早地苏醒,只是为了争先恐后地迎接花园里的第一缕阳光,它们为能让这第一缕阳光首先照到自己身上而奋力拼搏。大家都不停地看着太阳升起的地方,盼望着早点看到它的身影。花草接受阳光和雨露的眷顾,本是自然之情。但是蝴蝶花之前很少看见这样的热烈场景,它被深深地感染了,也不自觉地加入到了这场朝圣的队伍当中。

有一次,它发现了一个不同寻常的现象。

在清晨的朝圣队伍里,有一朵弱不禁风的兰花。它在队伍的最末端,正在努力地往前迈着有些沉重的步伐。它太瘦弱了,仿佛一阵清风吹过来,就要把它带往天空。可它还是一步一步倔强地往前挪。它要在阳光下灿烂地微笑，还要在阳光里快乐地跳舞。为了实现这个小小的愿望，它一刻不停地向前走。

最前面的花草正在接受第一缕曙光的洗礼，而最后面的花草还被一团阴霾所笼罩。沐浴在阳光中的花草，精神抖擞地舒展着自己的身姿，有说有笑地招呼着还没被照耀的花草。这让后面的花草更加心急了。可是，想要得到太阳的光芒，还要好一会儿呢。队伍的末端已经有一些花草停止了前行的脚步。它们还向兰花打招呼，奉劝它说："你不用走也可以的。过不了多久，太阳就能照到我们啦。"兰花点头向它们致谢，但是丝毫没有放弃前行的意思。已经完成使命的花草正在欢呼庆祝，这让它的速度显得异常缓慢。它暗暗地加快了脚步，虽然它的速度在蝴蝶花的眼里并没有比蜗牛更快，但蝴蝶花却被它深深地打动了。兰花只知道朝前走，却不知道蝴蝶花正在一旁默默地关注着它。

天有不测风云。

这天，花草们都在享受着习以为常的风和日丽，却不知道一场暴风雨即将来临。刚开始，有些花草感觉到微风当中袭来的一丝丝凉意。它们马上召唤其他的花草，一起加入到追逐凉风的热闹当中。过了不一会儿，凉风越来越大，吹得花草都直不起腰来。紧接着，突然下起了大雨。雨滴不是刚开始一小滴、一小滴的那种，而是一下来就乌泱乌泱的，像瀑布从天上慌张逃落下来的样子。每一颗雨滴都是大粒的，打到花草的身上，想要把它们彻底地撕碎。花草们都急匆匆地往大树下面躲。它们一离开，脚下的土壤瞬间就被雨水给冲跑了。它们无暇顾及土壤了，更不会想到，没有了这些土壤，它们今后能生活在哪里。可是，大部分的花草都已经顾不得这些了。

在乱成一团的花园里,兰花被拼命躲避风雨的花草撞击着。它也想和大家一样逃命,但当它看到土壤随着雨水消失在眼前的场景,就马上停下了慌乱的脚步。直觉告诉它,不能逃!千万不能逃跑!如果再逃下去,恐怕这座美丽的花园就不复存在了。

此时的蝴蝶花,正在跟着花草们一起逃亡。它在半路上,隐隐约约地看见了那朵兰花。它大声地对兰花喊道:"赶快跑呀!再不跑就要被大雨冲走啦!"兰花在暴风雨中,睁不开眼睛,只是不断地摇着头。蝴蝶花拼命地跑到了兰花的身边,一把拉住了兰花。但很快,兰花就挣脱了。蝴蝶花就问它为什么不跑。当得知原因后,蝴蝶花羞愧地低下了头。它沉默了。

又是一阵疾风迎面刮来,蝴蝶花马上就抱住了兰花。它不再想着逃跑和躲避了,而是和兰花一起站立在了风雨当中。它们既不阻拦其他花草的逃亡,也没有大呼小叫,就这样沉默地迎接着狂风暴雨。

不知过了多久,不再刮大风了,雨也没有之前那么大了。

在双方的怀抱中,兰花和蝴蝶花慢慢地睁开了疲倦的双眼。它们又冷又累,实在是太困了,还禁不住地打哆嗦。它们开始四下张望。经历过一场风雨,花园里到处躺着大树的枝干和花草的残骸。脚下的土壤被雨水整齐地冲刷过,只留下泛黄的雨水在裸露的岩石上急速地流淌。

幸运的是,兰花和蝴蝶花活了下来。尽管它们脚下的土壤已经松松垮垮,好像马上就要与它们挥手告别。

在满目狼藉的花园里,有一些花草已不见了踪影,有一些在躲避的时候已经离开了花园,还有和它们一样坚守在这里的花草。能再次看到彼此的它们,正在用感激和充满希望的眼神交流着。

经历过此番的洗礼,蝴蝶花下定了决心。在今后的日子里,它要和兰花一起生活在这座花园里。不管以后还会遇到什么样的风雨,它们都要在一起。它们要一起守护这座花园。这已经成了它们最为重要的使命。

它们不知道,其实在复旦的花园里,还上演着同样的故事。这些已经不重要了。重要的是,它们的故事已经成为这千千万万个故事中的一个,变成了花园的一部分。

🌸 无法逃避

教育是为了培养什么样的人？

通过教育让学生无法逃避所肩负的责任、使命和担当，是教书育人的重要目的。

来复旦读书的学生，都是身边人眼中的名牌大学生。对于他们的成长，不管是父母，还是老师，都理所当然地用国家的希望、社会的栋梁和行业的精英来要求。当父母把家里最好的一切都给予他们，当国家把最好的教育资源都倾斜过来，就会对他们产生很高的期待。等他们毕业以后，会成为什么样的人，肯定要用功利这把尺子来衡量一下。之所以要这样做，还有一个大家都心知肚明的原因。在很多人的眼里，一个家庭的意义就在于孩子到底上了什么样的大学，以后能住得起什么样的房子，能开什么样的车子，能穿什么样的衣服。一所大学的声誉在很大程度上就取决于毕业生的岗位、工资、评价和影响力。这些都是以世俗上的"名"和"利"来衡量的。

为了让学生达到上述的种种要求，家长开始无条件地付出。有些父母本来就收入微薄，不惜债台高筑也要满足孩子的一切要求。而有些孩子也学会大手大脚地花父母的血汗钱，甚至消费经常超出自己和家庭的承受能力，完全不顾这些钱是如何赚来的。要是碰上哪一次父母给钱少了，或者在他面前不满地唠叨和抱怨，就会任性地对父母出言不逊，甚至拳打脚踢。这就是我老家的人口中常常提及的"逆子"。这样的孩子不仅对父母没有感恩心和同情心，反而把父母当成可以无限索取的对象和工具。一个家庭培养出这样的孩子，无疑是一个灾难。这样的灾星来学校求学，也是学校和老师的灾难。

现在的社会为什么会有这么多与父母和老师反目成仇的学生？恐怕家长、老师都要先从自己的身上找找原因。

先说家长吧，在孩子身上投入过多的爱，就会变成溺爱，这无疑是火中取栗的行为。有些家长还以为，从小让孩子吃好、喝好、穿好，满足孩子的一切就是对孩子好。他们从不区分，孩子的哪些需要是正当的，哪些要求是不合理的。他们也不知道，一味地偏爱和袒护，只会让孩子养成虚荣心和功利心。在自私的感情和物质性的利益面前，试图用物质性的利益来换取自私的感情，最终的结果只会是没有在孩子心目中树立起对父母的正确感情，反而培养出了没有孝心、感恩心和爱心的白眼狼。这样的学生来到学校，自然也以功利心来要求老师。老师给了他们好成绩，他们就说老师好。要是他们没有从老师这里得到好成绩呢？有些学生和家长总以为老师就是保姆，要为学生的一切行为负责。要是学生在学校出了什么事情，非要把师生关系闹僵。一个学校的教育，最大的悲剧恐怕是老师千方百计想要无私地对学生付出，培养出来的学生却意识不到，反而无底线地苛责环境，苛求学校和老师。经常来学校闹事情的学生和家长中，不少情况就是把孩子的问题、家里的问题转嫁给学校和老师。

他们认为，自己不是被随意摆弄的对象，却不能明白，学校和老师更不是被任人宰割的对象。

很多学生身上的毛病，都不是在学校里养成的，而是在家里形成的。正是因为父母只在物质上无底线地满足，而长期不关注他们的情感和心灵问题，这些学生才会慢慢地染上戾气，才会把家庭、学校和社会当成发泄的场所。即使他们按照父母和老师的要求，一步步地完成了学业，也不会把自身的努力反过来进行回馈。在我的老家，有许多父母好不容易把自己的孩子培养成了大学生，千方百计为他们找了一份自以为很不错的工作。结果这些大学生在外地工作以后，很少再回老家看望父母。这些父母在人前炫耀自己的孩子有多优秀，在人后孤苦伶仃地怒骂自己养了白眼狼、不孝子。他们不明白的是，为什么自己付出了全部，却得不到孩子的一点点感恩和回报。孩子们不明白的是，我在外面拼死拼活地挣扎，好不容易摆脱了又苦又穷的老家生活，为什么还要让老家的人来拖后腿。

其实，这些父母和孩子都想错了。

父母一开始就错了。他们不是让孩子成长为有感恩心、同情心和爱心的人，而是千方百计地让孩子学会去赢。不要让孩子输在起跑线上，不要让孩子输在考大学上面，不要让孩子输在找工作上面，不要让孩子输在过上富裕的好日子上面。他们什么时候这样教育过自己的孩子？一定要让孩子从小就要懂礼貌，从小就要主动帮父母的忙，从小就要尊敬自己的长辈，从小就要爱自己成长的环境，从小就要爱关心和帮助过自己的人。要知道，对于一个正在不断成长的人来说，一辈子要见识的物质诱惑真是太多了，但是一辈子真正坚持去爱的人却很少。不管是谁，对他人的"有用"都是短暂的，对自己是否"有心"的拷问却是长久的。面对自己的良心，没有做好，没有做到位的事情，是想躲也躲不开的。

所以不需要再去争论自己是否成了别人眼中的精致功利主义者。对于从来就没有逃避过孝心、同情心、爱心和责任心的自己，这些争论都是伪命题。一直走在努力提升自我、完善人格、孝敬父母、服务社会的路上，这正是复旦人的智慧选择。

🌸 凝视森林

每个人都有一片属于自己的森林。

或许有人会说,你在哪里生活着,哪里就是让你栖居的森林。可是我却时常困惑。我生活于其中的森林,有时让我迷茫,有时使我恐惧,虽然有时我也很开心。也许有人从来不曾去过,但它就在那里,一直存在着。

每个人的心中都会有一片你没有办法抵达的森林。这就是森林的诱惑力。别人到达了你所达到不了的地方,看到了你从未见过的风景,就会让你黯然伤神。这样的森林对能一窥它全貌的人来说,是一片甜森林。甜森林会向他们展现出它的美丽,也一次次地激励后人,不要因为还没有遇见而错过值得追求的幸福。

可是有些森林却是苦森林。你看,这片森林就散发着一阵阵苦味。它让刚进去的人尝到了甜头,随后就甜尽苦来。因为它茂密,你若不用心,就会迷失在它为你设计的迷宫之中。当你丈二和尚摸不着头脑的时候,你就会深深地怨恨这片森林。你成了一个走失的人,即使你知道自己就迷失在这片森林之中。这样的情形一直发生着。迷失的人到底还是迷失了,可是他们却盼望着与亲人的再次相逢。森林里即使有你最心爱的人,你若走失,怎么也无法重聚。

还有一些森林藏着撕心裂肺的痛。它记录着每个人所经历过的不幸。有些是在采摘幸福的时候被苦难戳破了手指,有些是在抗争命运的时候被幸运眷顾了此生。所以有人会笑,是因为他知道,苦森林里也会有蔚蓝的天空;有人会哭,是因为他感到,在迷失方向的时候,恐惧战胜了希望。

苦森林里充满了悲欢离合。有些人怀疑自己是否能走出这片森林,他的心就在迷失中滋生了绝望。其实即使我们走不出去,那又怎样,起码我们一直都在前行。希望是自己给自己的,能把苦当作甜、当作享受的人,肯定是非常了不起的。苦尽甘来恐怕就是从苦森林中品尝出了甘甜的滋味。

森林也从来不会耽搁大自然的季节。人作为四季的旁观者,触摸着森林,感受着大自然的神秘。所有的情感都蛰伏了,似乎正是为了等待,正在为缘分的到来而激动万分。冷却下来的情绪,才能感受到森林的喃喃私语。它告诉愈挫愈勇的人们,不要因为外面世界的喧嚣让自己变得浮躁。都说外面的世界很有诱惑力,无数双眼睛盯着名和利。那是极为庸俗的想法,犹如人中了魔咒,只会昏睡其中。森林,就像那个真爱之吻,远离世俗的纷争,让人获得片刻的宁静;森林,又像一座巨大的灯塔,以爱的名义,照亮了迷茫的心。徜徉在满眼绿色的世界里,心跳又重新有了力量。

我一直为自己保留着一片森林。即使我知道这个世界到处都是无情的沙漠。即使我还知道,沙漠在一次次地想要消灭森林。

我改变不了沙漠,却可以守护我的森林。森林也用同样的方式守护着我。

森林,默默地守护着我的心灵;森林,静静地呵护着我的生活。

凝视森林,让我多了许多思考。

后　记

对于文学这一爱好，我一直有些偏执。

从大学本科时期开始，我就不满足于阅读文学作品，而是尝试着进行文学写作。我把自以为好的作品拿去投稿，结果可想而知，就是一次又一次杳无音信。

按照常理推测，我应该浅尝辄止，就此罢休，不要再动这方面的歪脑筋了。自己不是这根"葱"，既然把玩过了，就要果断放手。这样做，既不会丢人现眼，又不会遭人耻笑。可是我硬要把自己当成那根"葱"，非要把自己的文字搬到众人面前，搬上大雅之堂。这不是妄自尊大，还能是什么？！

这么多年过去了，我竟然从未统计自己到底写过多少随笔。我遵循"爱写什么，就写什么"的原则，随心所欲地写。写了散文，写了诗歌，写了杂文，还写了小说。人要是真把自己当成一回事了，可是会吓着别人的。

我一边写，一边把自己一个字一个字写出来的文章在网络上公开出来。刚开始压根儿没有什么人关注，也引不起别人的一丁点儿注意。这份失落，无异于又一次打击。

虽然如此，我还是继续写了下去，一段时间不写，就情绪不佳，感觉整个人都神情恍惚。再这样下去，搞不好就骨瘦如柴，一命呜呼了。看来，还得硬着头皮"厚颜无耻"地继续写下去。

靠这个"精神鸦片"而活，是我的特殊怪癖。我有这个认识，也是事后才感悟到的。

刚开始，简单的文字涂鸦纯粹只是一个爱好，连文学都谈不上。我只觉得写着好玩，权当调剂生活的一味药。可是当看过王小波的《一只特立独行的猪》，我才意识到，人要活出属于自己的独特性，是很难的一件事。然而就是这种独特性，才为每个人提供了安身立命的根本。在千篇一律的人群中，我是不是一个独特的人？能否在格式化的人群中间，仅凭别人的一种直觉，马上就被感知出不一样的地方来？这引起了我的反思……

于是，我一直思考，一直写。

这些年来，一不小心就写了这么多字。这些字既是我引以为傲的精神财富，又是让我倍感压力的精神负担。在我成长的关键阶段，本应把有限的精力投入到学业和工作当中，可这些文字"浪费"了我太多的时间，注入我太多的情感，以至于我产生了一种执念，就是一定要给它们找到一个好的归宿。只有这样，才能既对得起它们，又对得起我自己。

它们既见证了我的青春，温暖了我的情感；又"消耗"了我的精力，"耽误"了我的正业。我对这些文字又爱又恨，简直不知道该如何处理。于是，就在对这些年写作的总结中想到，该是与它们以另一种方式相处的时候了。

以什么样的形式"告别"，这对我而言是一个极大的挑战。

要是告别得随意了，就是对这些文字的不负责任，也是不尊重过去的自己;要是告别得隆重了,显得自己有些轻浮,还以为自己真有几斤几两,闹成笑话,那可就成为别人茶余饭后的谈资了。

可是,我有这个隆重告别的本事吗?答案是显而易见的!这让我头疼得不行。要是本领强,早就为它们寻觅到好的去处了,还用得着年复一年的苦恼吗?

我该如何放下这份割舍不掉的情感呢?经过一番思来想去,还是觉得要简单一些,同时也正式一些。只有正式对待它们,才能真正赋予它们另一种生命和另一种意义。也只有正式告别过去,我才能真正开始新的未来。于是,就有了呈现在大家面前的这套丛书。

这套丛书比起正规的文学作品,无疑会显得幼嫩、质朴。但这套丛书耗费了我数年的心血,表达了我对待这个世界的真情实感,是我看待人生的独特视角,因此它绝对是原创性质的作品。

可以说,这套丛书的独特之处就在于:

第一,这套丛书属于原创性质的校园文学作品。校园文学是校园文化建设和校园文明创建活动的重要组成部分。这套丛书讲述了一个普通的年轻学子如何通过求学阶段的所思所想、所感所悟,成长为一个向往真理、追求理想、获得思想的年轻教师。因此,从加强校园文化建设和营造文明校园的角度来看,这套丛书可以作为加强高校校园文化建设的重要抓手,成为建设文明校园和解读校园文化生活的重要读物。

第二,这套丛书可以作为高校青年大学生成才的育人载体,成为培养青年教师、助力青年教师成长的重要途径。青年兴则国家兴,青年强则国家强。青年一代要有理想、有本领、有担当,中国才会有前途,中华民族才会有希望。全社会只有关心和爱护青年,为他们实现人生价值创造机会、搭建舞台,广大青年才能更好地坚定理想信念。这当然也要求当代青年志存高远,脚踏实地,勇做时代的弄潮儿,在实现人生价值的生动实践中放飞青春梦想,在为推进全人类文明进步的不懈奋斗中书写人生的华章。青年在发展中既有机遇,也有挑战。这表明,青年施展才干的舞台非常广阔,实现梦想的前景并不遥远。这套丛书愿意以文字形式做青年的知心人、热心人、引路人,让青年怀抱梦想又脚踏实地,敢想敢为又稳扎稳打。我作为从事高校通识教育和研究工作的青年教师,通过出版反映青年教师成长成才的读物,希望能给那些和我一样渴望得到成长的人提供一个现实参照。

第三,我在高校里从事"思想道德修养与法律基础""社会主义核心价值观""马克思主义基本原理"等课程的教学和研究工作。这套丛书是否可以作为这些通识教育课程的教辅、教参读物,乃至成为新时代公民道德建设的一个重要读物,为全社会的求真、向善、审美发出萤火之光,还请大家尽情指教。我一定会根据大家的反馈,优化今后的日常工作,争取把教书育人的事业做得更好。若是这套丛书能把通识教育所要求的培养"四有新人"案例化、生活化、生动化,把显性的道德要求隐性融入学子日常生活的体悟当中,帮助高校学子树立信心、坚定理想、把握人生、健康成长,就真的太好了。

第四,这套丛书自带启蒙的性质,旨在从通识教育和思想启蒙这两个立足点发力,实现立德树人的目的。每个人都是先明白事理,才去做正确的事情。教育的目的,就是尽量使越来越多的人能够明白事理,摆脱愚昧和迷信,这就是教育的启蒙作用。这套丛书展现了我在求学的过程中,如何用理性之光驱散笼罩在身上的愚昧和黑暗,如何用爱克服人生中的挫折和生活中的苦难,如何用思想充实贫瘠的生活,如何用理想照亮迷茫的命运。可以说,这套丛书为我的未来作了情感和思想上的准备。我真心期盼,这套丛书也能照亮千千万万的学子,为这个大千世界增添一份属于我的温暖。

我还想说的是,呈现在大家面前的这套丛书,凝结了许多人的汗水。在此,感谢上海大学陈新汉教授、复旦大学肖巍教授、上海大学校报退休职工王怡老师和许昭诺老师、感谢岳父宋贤杰教授和岳母罗君逸女士,以及爱妻宋敏思女士,感谢天津人民出版社的编辑王佳欢女士。没有你们的辛勤付出,想要出版这套丛书只会遥遥无期。

最后,谨以这套丛书作为礼物,送给我的儿子任薪泽。愿他在成长的路上,能够勇敢地闯出一片自己的天地!

任帅军

2025年春

写于上海市杨浦区兰花教师公寓南区